CARAMBAIA

7

Vladimir Korolenko

Em má companhia

Memórias de infância de um amigo

Tradução
Klara Gourianova

Posfácio
Elena Vássina

I. RUÍNAS **7**

II. NATUREZAS
PROBLEMÁTICAS **18**

III. MEU PAI E EU **38**

IV. FAÇO NOVAS
AMIZADES **46**

V. A AMIZADE
CONTINUA **57**

VI. ENTRE AS PEDRAS
CINZENTAS **64**

VII. SENHOR TIBÚRTSI
ENTRA EM CENA **71**

VIII. NO OUTONO **82**

IX. A BONECA **90**

FINAL **101**

POSFÁCIO **103**
Elena Vássina

I. RUÍNAS

Minha mãe morreu quando eu tinha 6 anos. Meu pai, entregue por completo ao seu sofrimento, parecia ter se esquecido da minha existência. Às vezes, ele dava carinho, à sua maneira, e cuidava da minha irmã mais nova porque via nela os traços da mãe. E eu crescia como uma arvorezinha silvestre no campo. Ninguém me dedicava uma atenção especial e ninguém limitava minha liberdade.

O lugarejo onde morávamos chamava-se Kniájie--Veno, ou simplesmente cidadezinha Kniaj. Ele pertencia a uma decadente, mas orgulhosa, família polonesa e tinha todos os traços típicos dos pequenos vilarejos da região sudoeste, onde, em meio ao fluxo silencioso dos trabalhos pesados e ao pequeno e assoberbado comércio judaico, o que restava da arrogante magnitude da senhoria polonesa passava seus últimos e tristes dias.

Para quem se aproximava do lugarejo pelo lado oriental, o que primeiro saltava à vista era o cárcere, o melhor adorno arquitetônico do local. A própria cidade estendia-se abaixo dele, pelo solo cheio de açudes soníferos, bolorentos, e para chegar até ela era preciso descer pela estrada e passar pelo tradicional posto de fronteira. O aleijado sonolento, uma figura desbotada pelo sol, personificação do sono plácido, erguia preguiçosamente a cancela e então já se estava na cidade, embora não fosse possível perceber imediatamente. Cercas cinzentas, terrenos baldios, cheios de todo tipo de lixo, alternavam-se com casebres de janelas pequenas afundados no solo. Mais à frente, abria-se uma praça grande cercada de pousadas mantidas por judeus com portões escancarados, casas comerciais e escritórios públicos entediantes com suas paredes brancas e linhas retas de casernas. Uma ponte de madeira atravessava um riacho estreito, gemendo e tremendo com a passagem das rodas, bamboleando como um velho caduco. A ponte conduzia à rua das vendas, bancas e mesas de cambistas judeus, sentados na calçada debaixo de guarda-chuvas, e às tendas das vendedoras de pães. Mau cheiro, sujeira e um monte de crianças se arrastando na poeira da rua. Mais um minuto e já se saía da cidade. As bétulas sussurravam sobre os túmulos do cemitério, o vento agitava o campo de trigo e fazia os fios do telégrafo soarem como uma triste e interminável canção.

O riacho, atravessado por essa ponte, nascia num açude e desembocava em outro. Por isso a cidade estava cercada de espelhos d'água e de pântanos. Com o passar dos anos, os açudes tinham baixado de nível e ficaram cobertos pela vegetação, e o espesso e alto juncal nos enormes pântanos agitava-se como se fosse o mar. No centro de um deles, havia uma ilha, e, na ilha, um castelo velho, em ruínas.

Lembro com que medo eu sempre olhava para essa grandiosa e antiga construção. A respeito dela circulavam lendas e contos, um mais apavorante que o outro. Diziam que a ilha era artificial, feita de terra carregada por turcos cativos. "Esse velho castelo foi construído sobre ossos humanos" – contavam os nativos de geração em geração, e a minha imaginação de criança assustada desenhava-me milhares de esqueletos turcos que, debaixo da terra, sustentavam nos braços ossudos essa ilha e o velho castelo cercado de altos álamos piramidais. É claro que isso fazia o castelo parecer ainda mais assustador e, mesmo em dias de sol, encorajados pela luz e pelo canto forte dos pássaros, nos aproximávamos do castelo que com frequência nos causava um terrível pânico, de tão assustador que era o olhar negro das ruínas das suas janelas destruídas havia muito tempo; nas salas vazias ouvia-se um rumor misterioso: pedrinhas e pedaços do reboco que se descolavam do teto e das paredes e caíam no chão produziam um eco retumbante. Assustados, corríamos em disparada, e, atrás de nós, um alvoroço, um tropel, gargalhadas.

E nas tempestuosas noites de outono, quando os gigantescos álamos balançavam e uivavam ao vento que vinha dos açudes, o pavor espalhava-se por toda a cidade. *"Oi-vei-mir*!"[1] – pronunciavam amedrontados os judeus; as piedosas pequeno-burguesas persignavam-se e até mesmo o ferreiro, nosso vizinho, que negava a existência da força diabólica, saía para seu pequeno pátio, fazia o sinal da cruz e sussurrava a prece pela alma dos finados.

Ianuch, o velho de barba grisalha, não tinha moradia e se abrigou num dos sótãos do castelo. Ele nos contava que, nessas noites, ouvia várias vezes gritos inconfundíveis vindos do subsolo da ilha. E que eram os turcos que começavam a se mexer, batiam com os seus ossos e amaldiçoavam os senhores pela crueldade. Então, nas salas do velho castelo e fora dele começavam a brandir as armas, e os senhores chamavam aos gritos os heiduques. Ianuch ouviu com clareza o brandir das armas e as palavras de comando, apesar do barulho e do uivo da tempestade. Uma vez, ouviu até como o bisavô dos condes de hoje, famoso para todo o sempre por suas façanhas sangrentas, adentrou o centro da ilha montado em seu cavalo, batendo cascos e gritou, xingando os turcos: "Fiquem quietos aí, seus cachorros vagabundos[2]!".

---

1 "Oh, desgraça minha!", em iídiche. [NOTA DO AUTOR]

2 Xingamento polonês dirigido àqueles que não eram católicos romanos. [N.A.]

Já faz muito tempo que os descendentes desse conde abandonaram o castelo dos ancestrais. A maior parte dos ducados e de todo tipo de tesouro que enchia as arcas dos condes passou para lá da ponte, para as choupanas dos judeus, e os últimos representantes da nobre família construíram para si um prosaico prédio branco numa montanha, longe da cidade. Lá passavam uma existência tediosa e mesmo assim solene, em seu isolamento sublime e desdenhoso.

Somente o velho conde, ele também uma ruína sinistra como o castelo na ilha, aparecia de vez em quando na cidade, montado em seu rocinante inglês, acompanhado da sua filha, esbelta e majestosa, de amazona preta, e seguido pelo cavalariço, chefe da estrebaria. O destino da condessa era ficar solteira para o resto da vida. Os nobres, dignos dela por sua origem, venderam a judeus ou abandonaram covardemente seus castelos para serem demolidos e se dispersaram pelo mundo para correr atrás do dinheiro das filhas de mercadores. E, na cidadezinha em volta do castelo da condessa, não havia rapazes que tivessem coragem de levantar os olhos para a nobre beldade. Ao ver essas três figuras a cavalo, nós, a criançada, como um bando de passarinhos, levantávamos voo da calçada, dispersando-nos pelos pátios, e seguíamos os sombrios donos do temível castelo com olhares assustados e curiosos.

Na montanha da parte oeste da cidade, entre as cruzes apodrecidas e os túmulos arruinados, existia uma capela de uniatas, abandonada havia muito tempo. Era cria da pequena burguesia da cidade. Outrora, ao ouvir o badalar festivo dos sinos, os habitantes, bem-arrumados embora sem luxo, reuniam-se ali, com suas bengalas, em vez dos sabres que brandiam nas mãos da pequena nobreza vinda também dos sítios e das granjas dos arredores, respondendo ao chamado dos sinos.

Da montanha viam-se a ilha e seus enormes álamos negros, mas o bravo e arrogante castelo ocultava-se da vista da capela graças à vegetação espessa. Somente naqueles momentos, quando o vento forte vinha dos juncos e atacava a ilha, os álamos balançavam e, atrás deles, via-se o brilho das janelas e parecia que o castelo lançava para a capela os seus sombrios olhares. Agora, tanto o castelo como a capela transformaram-se em cadáveres. Os olhos do castelo se apagaram. Já não lançavam o reflexo dos raios do sol da tarde; o teto da capela afundara em alguns lugares, o estuque das paredes ruíra e, em vez do repique alto do sino de cobre, corujas entoavam seus maus agouros.

Mas a inimizade antiga, histórica, que separava o orgulhoso e nobre castelo da capela pequeno-burguesa prosseguia, mesmo depois da morte de ambos:

ela era alimentada pelos vermes que se mexiam nos seus cadáveres, ocupando os cantos e os sótãos que continuavam inteiros. Esses vermes tumulares dos edifícios mortos eram pessoas.

Existiu um tempo em que o castelo servia de abrigo gratuito para qualquer miserável, sem nenhuma restrição. Qualquer um que não encontrasse para si um lugar na cidade, qualquer ser humano cuja vida saía dos trilhos ou que por algum motivo perdia a possibilidade de pagar ao menos uns tostões por um canto para pernoitar ou se abrigar da intempérie – todos iam para a ilha e lá, entre as ruínas, encontravam um lugar para encostar sua pobre cabeça, pagando a hospitalidade apenas com o risco de ser enterrado debaixo dos montes de escombros antigos. "Mora no castelo" tornou-se sinônimo do grau extremo de pobreza e de decadência social. O velho castelo recebia cordialmente gente sem eira nem beira, um escrivão empobrecido, vagabundos e velhinhas solitárias. Toda essa gente dilacerava as entranhas do edifício decrépito, quebrando as paredes, o chão, acendendo fogueiras para cozinhar e se alimentar com alguma coisa, e fazendo suas necessidades.

Mas chegou o tempo em que essa comunidade, que se abrigava nas ruínas, cindiu-se, e começaram as brigas. Então, o velho Ianuch, outrora um dos funcionários inferiores dos condes, conseguiu obter uma espécie de carta de domínio e tomou as rédeas da direção nas suas mãos. Começou a fazer reformas e, durante alguns dias, houve tanto barulho no castelo, ouviam-se berros e brados tão assustadores que se poderia pensar que os turcos tivessem saído das celas subterrâneas para se vingar de seus exploradores. Acontece que Ianuch selecionava os habitantes das ruínas, separando os bodes das ovelhas. As ovelhas ficaram no castelo e ajudavam Ianuch a expulsar os pobres bodes, que resistiam em vão a unhas e dentes. Quando, com a ajuda silenciosa, mas fundamental, do guarda-porteiro, a ordem na ilha foi finalmente restabelecida, verificou-se que a reviravolta tinha um caráter aristocrático. Ianuch deixou no castelo somente os "bons cristãos", isto é, os católicos e, principalmente, os antigos criados ou descendentes dos criados da família dos condes. Todos eles eram velhos e vestiam casacos gastos, tinham enormes narizes vermelhos e se apoiavam em paus nodosos. As velhas eram feias, falavam muito alto, mas mesmo no último grau de miséria conseguiam conservar suas toucas e suas capas. Todos eles formavam um grupo aristocrático homogêneo e muito unido, como que um monopólio de miseráveis reconhecido. Nos dias de semana, esses velhos e velhas andavam pela cidade, batendo nas portas de casas de gente de abastança média e alta, lendo preces, espalhando fofocas, lamentando-se do seu destino e mendigando aos prantos. Mas, aos domingos, eles faziam parte daquele público honrado que formava longas filas perto das igrejas e, com ar majestoso, recebia doações em nome de "senhor Jesus Cristo" e de "senhora Nossa Senhora".

Atraídos pelo barulho e pelos gritos que chegavam do castelo nos dias daquela revolução, alguns dos meus companheiros e eu penetrávamos na ilha e, escondendo-nos atrás dos troncos grossos das árvores, observávamos como Ianuch, comandando o exército de velhos de nariz vermelho e de megeras disformes, expulsava do castelo os últimos moradores indesejáveis. Anoitecia. Da nuvem escura sobre os álamos altos já começava a cair a chuva. Uns infelizes esfarrapados procuravam se proteger dela e, assustados e perdidos, vagavam num vaivém, como toupeiras expulsas das suas tocas, procurando alguma fenda para penetrar no castelo sem serem notados. Mas Ianuch e as megeras, gritando e xingando os coitados, ameaçavam afugentá-los com paus e atiçadores. O guarda-porteira, também armado com um pesado porrete, observava tudo calado, mantendo a neutralidade, simpatizando, pelo visto, com a turma vencedora. E as lamentáveis figuras cabisbaixas acabavam indo para a ponte, deixando a ilha para sempre e sumindo na escuridão dentro da noite chuvosa.

Depois dessa noite memorável, Ianuch e o velho castelo, do qual me vinha um sentimento de nebulosa grandiosidade, perderam para mim todos os seus atrativos. Antes eu gostava de ficar na ilha e admirar, ao menos de longe, as paredes cinzentas do castelo e o seu telhado coberto de musgo. Ao amanhecer, quando os seus variados habitantes saíam bocejando, tossindo e se persignando, eu olhava para eles com respeito; para mim, eles eram seres que faziam parte desse mistério que pairava lá. Eles dormiam naquele lugar, ouviam tudo o que acontecia quando a lua olhava através dos enormes vãos das janelas ou os ventos da tempestade irrompiam nas enormes salas. Gostava de ouvir as gloriosas histórias antigas do castelo morto que o septuagenário tagarela Ianuch contava sentado debaixo dos álamos. Na imaginação da criança avivavam-se as imagens do passado, causando tristeza, orgulho e compaixão àquilo que tinham sofrido outrora essas tristes paredes, e as sombras românticas dos tempos antigos passavam pela alma infantil como pelo campo verde passam as leves sombras de nuvens sopradas pelo vento.

Mas, desde aquela noite, o castelo e o seu bardo apresentaram-se sob outro aspecto. No dia seguinte, Ianuch, ao me encontrar perto da ilha, convidou-me a ir visitá-lo, assegurando-me, com ar muito contente, que agora "o filho de pais tão respeitosos" pode tranquilamente frequentar o local, porque lá encontraria pessoas muito decentes. E ainda me levou pela mão até o próprio castelo, mas aí desprendi minha mão e comecei a correr, com lágrimas nos olhos. O castelo tornou-se detestável para mim. As janelas do andar de cima foram fechadas com tábuas, e o térreo estava ocupado pelas toucas e pelos casacos das mulheres. As velhas saíam de lá com aspecto tão pouco atraente, lisonjeavam-me com tanta afetação, brigavam entre si com gritos tão altos que realmente me surpreendia como aquele defunto severo que apaziguava os turcos nas noites de tempestade podia suportar as vizinhas velhotas. Mas o principal foi que eu não conseguia esquecer a crueldade com que os moradores triunfantes expulsaram seus companheiros e, ao me lembrar desses coitados que ficaram sem abrigo nenhum, sentia um aperto no coração.

Fosse como fosse, pelo exemplo do castelo aprendi que apenas um passo separa o grandioso do ridículo. No castelo, o grandioso cobriu-se de hera, cuscuta e musgo. O ridículo me parecia nojento e feria minha suscetibilidade infantil, porque a ironia desses contrastes era ainda inacessível para mim.

II. NATUREZAS PROBLEMÁTICAS

As noites após a revolução na ilha não foram nada tranquilas para a cidade: os cachorros latiam, as portas das casas rangiam e os habitantes, quando deixavam seus lares, batiam com paus na grade para avisar que estavam alertas. A cidade sabia que na escuridão e na chuva vagavam pelas ruas pessoas tremendo de fome e frio, encharcadas, e entendia que no coração dessa gente nascia a crueldade. Portanto, a cidade mantinha-se alerta e dirigia a essas pessoas suas ameaças. E à noite, como que de propósito, descia à terra algo como um dilúvio gelado, que depois ia embora, deixando sobre ela nuvens pesadas. O vento esbravejava nessa intempérie, balançando as copas das árvores, batendo nos contraventos e fazendo-me lembrar, enquanto eu estava na cama, das dezenas de pessoas privadas de calor e abrigo.

E então a primavera triunfou sobre as últimas investidas do inverno. O sol secou a terra e os vagabundos desabrigados desapareceram. Os cães cessaram os latidos noturnos, os donos das casas não batiam mais nas cercas e a vida da cidade, monótona e sonolenta, entrou nos eixos. O sol quente fervia as ruas empoeiradas, o que fazia os manhosos filhos de Israel que comerciavam nas bancas se esconderem debaixo dos toldos; os "comerciantes", espreguiçados ao sol, olhavam os transeuntes com atenção; das janelas abertas das repartições ouvia-se o ranger das penas dos escrivães; de manhã, as damas andavam pelo mercado com cestas a tiracolo, e no fim da tarde passeavam de braço dado com seus pares, levantando poeira com a cauda de suntuosos vestidos. Os velhos e as velhas do castelo visitavam respeitosos as casas dos seus benfeitores sem perturbar a harmonia geral. Os pequeno-burgueses logo reconheciam a existência desses habitantes, considerando absolutamente normal alguém receber esmola aos sábados, e os habitantes do castelo a recebiam com todo o respeito. Somente os coitados dos expulsos já não achavam o seu lugar na cidade. Se bem que, de noite, eles não vagavam pelas ruas. Diziam que encontraram um abrigo na montanha, perto da capela dos uniatas, mas, como se arranjaram por lá, ninguém sabia. Algumas pessoas estranhas foram vistas de manhã ao descer o lado da montanha e dos barrancos, e, ao escurecer, desapareciam naquela direção. Assim que apareciam, perturbavam a calma sonolenta da vida na cidade, destacando-se como manchas escuras num fundo cinzento. Os habitantes os olhavam com desconfiança, e eles, por sua vez, examinavam a existência burguesa com atentos e inquietos olhares que apavoravam as pessoas. Eles não se pareciam nem um pouco com os mendigos aristocráticos do castelo, a cidade não os aceitava nem eles pediam para ser aceitos; o relacionamento com a cidade tinha caráter combativo, preferiam brigar a bajular o morador, pilhar a pedir. Sofriam cruelmente com as perseguições, se eram fracos, ou faziam os habitantes sofrer, se tinham forças para isso. Aliás, não raro, encontravam-se entre essa gentalha infeliz e maltrapilha indivíduos que, por sua inteligência e talento, poderiam honrar a elite do castelo, mas que não se entenderam com ela e preferiram o pessoal democrático da capela dos uniatas. Em alguns deles notava-se algo profundamente trágico.

Lembro-me até hoje de como a rua toda gargalhava quando aparecia a triste e curvada figura do velho "Professor". Era uma criatura quieta, abatida, sempre vestindo um capote de flanela, um chapéu com uma enorme pala e o topo enegrecido. Segundo a lenda, esse grau universitário lhe foi conferido porque trabalhou como preceptor sabe-se lá onde e quando. É difícil imaginar uma criatura mais pacata e inofensiva. Ele costumava vagar pelas ruas sem propósito nenhum, cabisbaixo, o olhar perdido. Os transeuntes ociosos conheciam duas particularidades dessa figura e as empregavam para um cruel divertimento. O "Professor" costumava balbuciar algo, mas ninguém conseguia entender uma palavra sequer. As palavras fluíam lembrando o murmúrio de um riacho e os seus olhos baços fitavam o ouvinte como se quisesse fazer chegar ao coração do interlocutor o sentido de seu longo discurso. Era fácil dar corda ao "Professor", como se ele fosse uma máquina. Para isso, bastava qualquer dos "comerciantes", cansado de cochilar na rua, chamar o velho e lhe perguntar algo. O "Professor" fixava um olhar pensativo no ouvinte, balançava a cabeça e começava a balbuciar algo infinitamente triste. O ouvinte poderia tranquilamente ir embora ou até mesmo dormir, porque quando acordasse veria a triste e trevosa figura continuar, murmurando o seu discurso incompreensível. Mas isso ainda não representava nada de interessante. A zombaria que produzia efeito especial nos rapagões da rua apoiava-se em outro traço do caráter do "Professor": o pobre homem não podia sequer ouvir falar de qualquer arma branca, fosse cortante ou perfurante. Por isso, geralmente, no auge da inarticulada eloquência, o ouvinte levantava-se da calçada e com voz aguda gritava: "Facas, tesouras, agulhas!". O coitado do velho, acordado tão bruscamente dos seus sonhos, agitava os braços como um pássaro ferido, agarrava-se ao próprio peito e olhava em volta com pavor.

Oh, quanto sofrimento não foi compreendido pelos "comerciantes" varapaus só porque o "Professor" não pôde dar nos meninos uma bela surra! Sofredor, só olhava em volta com uma tristeza tão grande, e ouvia-se em sua voz um sofrimento indizível quando ele, dirigindo seus olhos ao torturador, dizia, passando convulsivamente a mão no peito: "No coração... com um gancho!... direto no coração!...".

Ele provavelmente queria dizer que aqueles gritos dilaceravam o seu coração, mas, pelo visto, era justamente isso que divertia os ociosos e aborrecidos pequeno-burgueses da cidade. E o pobre "Professor" logo se afastava, com a cabeça ainda mais baixa, como se temesse receber uma pancada. Atrás dele, soavam gargalhadas de contentamento e, como chicotadas, os mesmos gritos: "Facas, tesouras, agulhas, alfinetes!".

É preciso fazer justiça aos expulsos do castelo: eles eram unidos, defendiam os seus companheiros – um deles, o senhor Turkévitch, com dois ou três maltrapilhos e o sargento de artilharia reformado Zaussáilov, atacou a multidão que perseguia o "Professor". E muitos dos perseguidores recebiam um castigo cruel. O sargento Zaussáilov, um grandalhão de nariz rubro acinzentado e olhos ferozes esbugalhados, havia declarado, já fazia tempo, guerra contra tudo o que era vivo e não aceitava armistícios nem neutralidades armadas. Toda vez que ele via o "Professor" sendo perseguido, ouviam-se por muito tempo os seus gritos guerreiros e ele corria voando pelas ruas como Tamerlão, aniquilando tudo o que encontrava no caminho. Dessa maneira, ele aplicava *pogroms* contra os judeus antes mesmo que surgissem em grande escala. Ele os submetia a todo tipo de torturas, fazia coisas infames com as damas judias, enquanto a expedição desse bravo sargento de artilharia não acabava inevitavelmente na prisão depois das suas pelejas cruéis com os policiais de rua. Nelas, ambos os lados demonstravam muito heroísmo.

Outra figura cuja desgraça e decadência proporcionavam diversão aos cidadãos era Lavróvski, ex-funcionário público que se tornou um bêbado. Os cidadãos ainda se lembravam dos tempos, não tão longínquos, quando cumprimentavam Lavróvski tratando-o de "senhor escrivão", quando ele usava uniforme com botões de cobre e admiráveis lencinhos de seda no pescoço. Esse detalhe acentuava ainda mais a sua degradação atual. A reviravolta na vida do senhor Lavróvski aconteceu abruptamente, bastou que um brilhante cavaleiro militar chegasse a Kniájie-Veno de passagem, seduzisse e levasse embora a filha de um taberneiro rico. Desde então, ninguém soube mais nada sobre a bela Anna, porque ela sumiu do horizonte para sempre. E Lavróvski ficou com os seus lencinhos, mas sem a esperança que antes adornava a vida do pequeno funcionário público. Ele já não exercia o serviço havia muito tempo. A sua família, para a qual ele representava apoio e orgulho, ficou em algum lugarejo; ele já não se preocupava com nada. Em raros momentos de sobriedade, ele passava depressa pelas ruas, cabisbaixo, sem olhar para ninguém, como alguém envergonhado da própria existência. Andava sujo, vestindo farrapos, cabeleira despenteada, por isso logo se destacava na multidão, atraindo a atenção geral. Ele mesmo parecia não ver nem ouvir ninguém. Vez ou outra lançava olhares vagos em volta de si, que expressavam perplexidade: o que essas pessoas desconhecidas e alheias queriam dele? O que ele tinha feito a elas e por que elas o perseguiam? Às vezes, nos momentos de lucidez, quando chegava ao seu ouvido o nome da senhorita de trança loura, o seu coração começava a ferver de raiva, os olhos ardiam como chamas escuras em seu pálido rosto, e Lavróvski lançava-se contra a multidão, que se dispersava rapidamente. Tais arroubos, embora muito raros, incitavam a curiosidade dos ociosos entediados; portanto não era de estranhar que, quando Lavróvski, de olhos baixos, aparecia na rua, uma turma de rapazes desocupados, que em vão tentava fazê-lo sair da apatia, começava a jogar pedras e lama contra ele.

Quando Lavróvski estava embriagado, escolhia cantos escuros perto das cercas onde as poças d'água nunca secavam ou outros lugares esquisitos nos quais não podia ser notado. Então sentava-se esticando as suas longas pernas e abaixava a sua pobre cabeça. A solidão e a vodca despertavam nele a franqueza, a vontade de desabafar e contar a desgraça que lhe oprimia o coração, e então ele começava o relato interminável da sua juventude arruinada. E dirigia o seu discurso às estacas da cerca, à bétula que, com indulgência, sussurrava algo sobre a sua cabeça e às gralhas, que com curiosidade de coquete se aproximavam dessa estranha criatura que mal se mexia.

Quando nós, as crianças, o encontrávamos nesse estado, nos aproximávamos com o coração desfalecido e ficávamos ouvindo as suas longas e apavorantes histórias. Olhávamos assustados para o homem pálido que se acusava de crimes horrendos e ficávamos com os cabelos em pé. Conforme as palavras de Lavróvski, ele matou o próprio pai, levou a mãe à cova e fez os irmãos e as irmãs morrerem de fome. Não tínhamos motivos para não acreditar nessas confissões; estranhávamos apenas que, segundo elas, Lavróvski tinha vários pais, porque a um ele enfiou uma espada no coração, o outro teve morte lenta, envenenado aos poucos, e o terceiro ele afogou num pântano. Ouvíamos com pavor e interesse até que a língua de Lavróvski, cada vez mais enrolada, recusava-se a articular palavras e o sono benéfico encerrava as confissões. Os adultos riam de nós, dizendo que tudo isso era mentira, que os pais de Lavróvski tinham morrido de fome, de doenças. Mas os nossos corações infantis, sensíveis, ouviam nos seus gemidos uma dor sincera e, aceitando as alegorias ao pé da letra, estavam mais perto de compreender a tragédia dessa vida fracassada.

Quando a cabeça de Lavróvski se baixava ainda mais e ouvíamos o ronco, interrompido por soluços nervosos, as nossas cabecinhas infantis inclinavam--se sobre o infeliz. Olhávamos atentos o seu rosto e víamos como as sombras dos crimes cometidos passavam por sua mente até mesmo em sonho, como ele franzia as sobrancelhas e fazia beicinho como uma criança chorando.

"Eu mato!", gritava ele de repente, inquietando--se por causa da nossa presença, e, como um bando de passarinhos assustados, nós nos dispersávamos correndo.

Quando ele ficava nessa condição, acabava encharcado de chuva, coberto de poeira, até mesmo de neve, várias vezes, e, se não teve morte prematura, foi graças aos cuidados de outros infelizes como ele e, principalmente, graças aos cuidados do alegre senhor Turkévitch, que, mesmo cambaleando muito, tomava a iniciativa de procurá-lo, então o sacudia, colocava em pé e o levava consigo.

O senhor Turkévitch era aquele tipo de pessoa que, como ele mesmo dizia, não deixava ninguém cuspir no seu mingau e, enquanto o "Professor" e Lavróvski sofriam passivamente, Turkévitch era uma pessoa alegre e realizada em vários sentidos. A começar pelo fato de que, sem pedir aprovação a ninguém, ele logo se promoveu a general e passou a exigir dos habitantes da cidade honras correspondentes à sua patente. E, como ninguém ousava contestar o seu direito a esse cargo, o próprio senhor Turkévitch impregnou-se por completo de sua grandeza. Ele sempre andava com ares de importância, de cenho carregado, demonstrando estar pronto para dar um soco na cara de qualquer um, o que considerava a prerrogativa da patente de general. Se de repente surgia na sua cabeça despreocupada alguma dúvida a esse respeito, ele parava o primeiro que encontrava na rua e perguntava com ar bravo: "Quem sou eu nesta cidade, hein?".

"General Turkévitch!", respondia humildemente o transeunte, vendo-se numa situação embaraçosa. Turkévitch deixava-o seguir caminho, torcendo majestosamente o bigode. "É isso mesmo!"

E, como ele conseguia torcer o bigode de maneira especial e tinha consigo um estoque inesgotável de gracejos e piadas, não era de estranhar que os habitantes ociosos frequentemente o cercassem e abrissem para ele as portas do melhor "restaurante", cuja sala de bilhar reunia senhores de terras, vindos de fora. Para dizer a verdade, algumas vezes o senhor Turkévitch saiu de lá voando com a velocidade de quem foi empurrado sem muita cerimônia; mas esses casos, explicáveis pela falta de respeito dos senhores de terras com as graças do general, não influenciavam o bom humor e a autoconfiança que compunham o seu estado normal, bem como a embriaguez.

Esse estado era a segunda fonte do seu bom humor. Bastava tomar um cálice, e ele se armava para o dia inteiro. Isso se explica pela enorme quantidade de vodca que já tinha sido tomada por Turkévitch, transformando o seu sangue numa espécie de mosto de vodca; era preciso apenas manter certo grau de concentração alcoólica nesse mosto para que o general começasse a fervilhar e a borbulhar e ver o mundo cor-de-rosa.

Mas se, por alguma razão, não tocasse o cálice por três dias, o general sentia-se infestado por tormentos que não conseguia suportar. Primeiro, caía em melancolia e se tornava pusilânime. Todos sabiam que assim ele era mais inofensivo que uma criança e muitos se apressavam para vingar suas ofensas. Poderiam bater, cuspir e até jogar-lhe lama que o general nem procurava se defender. Apenas berrava e abundantes lágrimas rolavam pelos bigodes caídos e tristes. O coitado pedia a todos que o matassem, dizendo que, de qualquer maneira, iria ter "morte de cão debaixo da cerca". E então todos retrocediam. Havia algo no rosto e na voz do general que fazia até os mais bravos perseguidores se afastarem o quanto antes para que não se visse nem se ouvisse a voz do homem que, por pouco tempo, voltava a perceber sua lamentável situação... De repente o general mudava; tornava-se terrível, os olhos febris inflamavam, a face cavada, o curto cabelo em pé. Quando se levantava, batia o punho no peito e recomeçava a sua marcha solene pelas ruas, anunciando em voz alta: "Vou!... Como o profeta Jeremias... Para acusar os ímpios!".

Era o começo de um espetáculo muito interessante. Pode-se dizer com certeza que o senhor Turkévitch, nesses minutos, exercia, com grande sucesso, as funções da publicidade, desconhecida no nosso lugarejo; por isso não surpreende que cidadãos sérios e com cargos importantes largassem o trabalho e se juntassem à multidão que acompanhava o novo profeta ou, ao menos, observassem de longe as suas façanhas. Primeiro, ele costumava ir à casa do secretário do tribunal do distrito e iniciar diante das janelas algo semelhante a uma sessão do fórum de justiça, escolhendo entre a multidão atores para representar os demandantes e os demandados; ele mesmo fazia os discursos para cada personagem e ele mesmo respondia, imitando com grande talento a voz e as maneiras do acusado. Além de saber dar ao espetáculo uma roupagem contemporânea, usando assuntos dos casos que a população acompanhara, também era bom conhecedor do procedimento judicial. Então não era surpreendente ver a cozinheira sair com pressa da casa do secretário, enfiar algo na mão de Turkévitch e voltar para dentro, defendendo-se das amabilidades do cortejo do general, que, ao receber a dádiva, gargalhava com maldosa ironia, levantava e agitava a mão com a moeda e dirigia-se solenemente ao botequim mais próximo.

Ao saciar a sede, levava os seus espectadores às casas dos "acusados", mudando o repertório de acordo com as circunstâncias. E já que por cada espetáculo recebia o seu pagamento, era natural que o tom da sua voz se tornasse menos aterrorizante, os olhos frenéticos do profeta umedecessem, os bigodes se torcessem para cima e a representação do drama de acusação se transformasse numa comédia. Tudo isso terminava na frente da casa de Kots, comissário de polícia distrital, que era a mais bondosa de todas as autoridades da cidade, malgrado duas pequenas fraquezas: tingia de preto o cabelo grisalho e tinha queda por cozinheiras gordas, confiando plenamente na vontade de Deus em todos os outros assuntos e na "gratidão" voluntária dos moradores da cidade. Quando se aproximava da casa do comissário, cuja fachada dava para a rua, Turkévitch piscava alegremente para a sua comitiva, jogava para cima o seu quepe e anunciava em voz alta que naquela casa morava não o seu chefe, mas aquele que era seu pai e benfeitor. Depois olhava para as janelas e aguardava pelas consequências. Havia duas consequências prováveis: ou Matriona, a cozinheira gorda de faces coradas, apareceria na porta já com o donativo do benfeitor, ou a porta permaneceria fechada e na janela do gabinete surgiria momentaneamente a cabeça do velho de cabelo azeviche. Matriona saía em silêncio pela porta dos fundos e ia para a delegacia, residência permanente do policial Mikita, que tinha muita habilidade para controlar Turkévitch. Mikita, sereno, deixava de lado a forma de sapateiro e se levantava do banco.

Nesse meio-tempo, Turkévitch, vendo que não havia nenhum proveito nos seus elogios, aos poucos e com cuidado passava à sátira. Começava a dizer que lamentava o fato de o seu benfeitor considerar necessário passar a graxa preta no seu venerável cabelo grisalho. Depois, ofendido pela falta de atenção ao seu palavrório, levantava a voz e começava a criticar o seu benfeitor com violência por dar um mau exemplo aos cidadãos mediante o seu concubinato com Matriona. Ao tocar nesse assunto delicado, o general já perdia a esperança de chegar a algum resultado pacificamente e por isso se exaltava na eloquência. Por infeliz coincidência, certo dia, nesse exato momento, aconteceu uma inesperada interferência: à janela apareceu a cara brava de Kots e, sorrateiramente e com uma destreza formidável, Mikita aproximou-se de Turkévitch e o agarrou por trás. Nenhum dos espectadores pensou em avisar o general do perigo, porque os métodos de Mikita causaram a admiração geral. O general, interrompido no meio da fala, de repente girou no ar e caiu de costas nas costas de Mikita. Em alguns segundos, o forte policial, agachado levemente sob a sua carga, dirigia-se tranquilo para o calabouço, acompanhado de gritos ensurdecedores da multidão. Mais um minuto, a porta preta da prisão abria-se como uma goela sombria e o general, que, no seu desamparo, balançava as pernas, desapareceu solenemente atrás da porta do calabouço. A multidão ingrata urrava para Mikita e, aos poucos, começava a se dispersar.

Além dessas pessoas extraordinárias, abrigava-se perto da capela um grande grupo de maltrapilhos, que, quando aparecia no mercado, alarmava as vendedoras. Elas protegiam as suas mercadorias com os braços, como as galinhas protegem os filhotes quando surgem gaviões no céu. Havia rumores de que esses miseráveis, privados de quaisquer recursos desde que foram expulsos do castelo, se uniram e praticavam furtos na cidade e nas redondezas. Isso se sabia, principalmente, por levar em conta a premissa irrefutável de que o homem não pode sobreviver sem se alimentar. E, como quase todas essas pessoas suspeitas foram privadas dos meios habituais de conseguir alimento, já que foram afastadas da filantropia dos moradores da cidade pelos felizardos do castelo, pode-se concluir que para elas era inevitável roubar ou morrer. Não morreram, portanto... o próprio fato de existirem era a prova do seu modo criminoso de agir.

Já que essa era a única verdade, não restavam dúvidas de que o organizador e o líder dessa comunidade só poderia ser o senhor Tibúrtsi Drab, a figura mais admirável dentre todos aqueles de natureza problemática que saíram do velho castelo.

A nebulosa origem de Drab se escondia sob o mais absoluto mistério. Pessoas dotadas de rica imaginação lhe atribuíam uma linhagem aristocrática, à qual ele teria envergonhado e, por isso, fora obrigado a se esconder, além de ter se envolvido nas façanhas do famoso Karmeliuk[3]. Porém, em primeiro lugar, ele era jovem demais para isso e, em segundo, sua aparência não trazia um único traço aristocrático. Tinha estatura

---

3 Ustin Karmeliuk (1787-1835), herói popular na Ucrânia, liderou uma insurreição de 20 mil camponeses ucranianos contra nobres e proprietários de terra poloneses nos anos 1830. [N.E.]

alta; era arqueado, o que quase confirmava o fardo dos infortúnios que carregava; as feições eram grossas e expressivas. O cabelo arruivado e curto eriçava-se para lados diferentes; a fronte baixa, o maxilar inferior um tanto saliente e a forte mobilidade muscular acrescentavam à sua fisionomia algo simiesco. Mas os olhos, que brilhavam sob sobrancelhas hirsutas, eram firmes e sombrios e, junto com a astúcia, percebiam-se neles perspicácia aguda, energia e inteligência fora do comum. Enquanto as caretas mudavam na sua face como num caleidoscópio, esses olhos mantinham a mesma expressão. Não sei por quê, mas eu sentia pavor quando via as palhaçadas desse estranho homem. Como se dele emanasse uma profunda tristeza.

As mãos de Tibúrtsi eram toscas e calejadas, os pés grandes deixavam pegadas como as dos mujiques. Por isso a maioria dos habitantes não via nele nenhuma origem aristocrática, e o que mais fazia sentido era que ele tivesse sido criado de algum fidalgo. Mas então como explicar sua erudição fenomenal, evidente para todos? Não havia taberna na cidade onde o senhor Tibúrtsi não declamasse, subindo num barril, discursos inteiros de Cícero, capítulos inteiros de Xenofonte, para edificar os ucranianos reunidos para um gole nos dias de mercado. Os ucranianos, boquiabertos, davam cotoveladas uns nos outros, e o senhor Tibúrtsi, elevado nos seus farrapos sobre a multidão, acabava com Catilina, contava as façanhas de César ou as perfídias de Mitrídates. Dotados de rica imaginação por natureza, eles sabiam dar o seu próprio sentido a esses discursos empolgados, mas incompreensíveis... E quando, batendo no peito e com olhar fulgurante, Tibúrtsi pronunciava: *"Patres conscripti"*[4], os ucranianos também franziam as sobrancelhas e diziam uns aos outros: "Eta, filho do demônio, como xinga!".

Depois, quando Tibúrtsi, com os olhos voltados para o teto, começava a declamar longuíssimos períodos latinos, os ouvintes bigodudos olhavam-no com timidez e compaixão. Naquela hora, parecia-lhes que a alma do declamador pairava em algum país desconhecido, onde não se fala língua cristã, e, pelos gestos de desespero do orador, concluíam que lá a sua alma passava por provas dolorosas. Mas a compaixão chegava a estourar o coração quando Tibúrtsi, ao revirar os olhos, fazendo aparecer somente o branco dos olhos, estafava o auditório escandindo prolongados poemas de Virgílio ou Homero, a sua voz soava como estrondos abafados de além-túmulo, e os que estavam sentados nos cantos e sob o forte efeito da vodca caseira baixavam a cabeça, deixando cair os seus compridos topetes ucranianos, e começavam a soluçar:

– Oh, coitadinho, que Deus o ajude!

---

4 Em latim, "pais senadores". [N.A.]

E lágrimas rolavam pelos bigodes, também compridos.

Não surpreendia que, quando o orador pulava de repente do barril para o chão e caía na gargalhada, os rostos aflitos dos ucranianos clareavam, as mãos enfiavam-se nos bolsos das calças e sacavam moedas de cobre. Contentes com o final feliz das trágicas excursões do senhor Tibúrtsi, os ucranianos ofereciam-lhe vodca, e no seu quepe caíam tilintando as moedas de cobre.

Em vista da surpreendente erudição, foi preciso lançar outra hipótese sobre a origem desse homem extravagante que correspondesse aos fatos expostos. E, de comum acordo, foi aceita a versão de que outrora o senhor Tibúrtsi, filho do servo de um conde, havia frequentado um colégio de padres jesuítas junto com o filho do conde para engraxar as suas botas. Contudo, verificou-se que, enquanto o jovem conde só estudava a "disciplina" do látego dos santos padres, o seu lacaio assimilava a sabedoria, destinada à cabeça do filho de fidalgo.

Devido ao mistério que cercava Tibúrtsi, atribuíam a ele, entre outros saberes, um bom conhecimento da arte da bruxaria. Se nos campos que cercavam os últimos casebres do subúrbio apareciam feixes de trigo amarrados em nó, ninguém podia arrancá-los sem correr perigo, a não ser Tibúrtsi. Se o sinistro mocho aparecia à noite no telhado de alguma casa e com os seus gritos chamava a desgraça, de novo convidavam Tibúrtsi e ele, com grande êxito, afugentava o pássaro sinistro com os ensinamentos de Tito Lívio.

Ninguém sabia dizer de onde haviam surgido os filhos de Tibúrtsi, porém era fato que existiam... Aliás, dois fatos: um menino de 7 anos, alto e bem desenvolto para a sua idade, e uma menina de 3 anos. O menino fora trazido por Tibúrtsi nos primeiros dias do seu aparecimento no horizonte da nossa cidade. E, para arranjar a menina, ele, pelo visto, havia se ausentado por alguns meses em países desconhecidos.

O menino, chamado Valek, alto, magro, cabelo preto, de vez em quando vagava pela cidade com ar sombrio e sem propósito nenhum, com as mãos nos bolsos, lançando olhares que perturbavam o coração das vendedoras de pão. A menina foi vista somente uma ou duas vezes no colo de Tibúrtsi, e depois desapareceu sem que ninguém soubesse do seu paradeiro.

Falava-se da existência de umas cavernas na montanha dos uniatas, perto da capela. Dizia-se – e todos acreditavam nos rumores – que, naquele lugar, onde outrora os tártaros costumavam passar com fogo e espadas, onde os nobres poloneses governavam ao seu livre-arbítrio e bandidos faziam massacres, não eram raras essas cavernas. Tanto mais que toda essa horda de vagabundos deveria morar em algum lugar.

E eles, no fim da tarde, sumiam justamente em direção à capela. Para lá, iam o "Professor", com o seu andar sonolento, o senhor Tibúrtsi, a passos rápidos e resolutos, e, cambaleando, Turkévitch fazendo companhia ao cruel e impotente Lavróvski até chegarem. À hora do crepúsculo, iam para lá outras pessoas suspeitas, e não aparecia nenhum valentão que se atrevesse a segui-las pelos barrancos. A montanha, cheia de túmulos, tinha má fama. Nas noites úmidas de outono, de lá surgiam fogos azuis e, na capela, os mochos começavam a gritar. Os gritos desse maldito pássaro eram tão altos e estridentes que até o destemido ferreiro sentia um arrepio na espinha.

III. MEU PAI E EU

"Isso é mau, meu jovem, é mau!" – dizia-me o velho Ianuch, balançando a barba grisalha, quando me via entre os ouvintes do senhor Drab ou na comitiva do senhor Turkévitch. "Não é nada bom você andar em má companhia!... E é uma pena, uma pena ver o filho de pessoas respeitosas que não cuida da honra da sua família!"

De fato, desde que minha mãe morrera e o rosto do pai se tornara ainda mais severo, eu raramente ficava em casa. Nas noites de verão, para evitar o encontro com meu pai, eu voltava furtivamente pelo jardim, como um lobinho. Metade da minha janela ocultava-se atrás de um arbusto de lilás. Eu a destrancava com uns dispositivos especiais e, silenciosamente, ia para a cama. Se minha irmãzinha, no quarto adjacente, ainda não adormecera na sua cama de balanço, aproximava-me dela, e trocávamos carinhos e brincávamos sem fazer barulho para não acordar a nossa velha e rabugenta babá.

No dia seguinte, ao amanhecer, quando ainda ninguém havia acordado, eu já deixava rastros no orvalho da grama no jardim, pulava a cerca e ia para o açude, onde os meus companheiros, diabretes como eu, já me esperavam com varas de pesca. Ou então íamos para o moinho, onde o moleiro sonolento acabara de abrir as comportas e a água, com sua superfície espelhada levemente tremida, lançava-se nas pás da roda e, animada, começava a sua jornada de trabalho.

As grandes rodas do moinho, acordadas pelos empurrões barulhentos da água, também estremeciam, cediam a contragosto, sem disposição para acordar, mas em poucos segundos já estavam girando, espalhando espuma e tomando banho de correntes de água fria.

Em seguida, as árvores grossas e imponentes começavam a se mexer e as engrenagens dentro do moinho, a dar estrondos. As mós rumorejavam e nuvens brancas de poeira de farinha se levantavam e saíam pelas frestas do velho edifício.

Eu prosseguia minha caminhada. Gostava de ver o despertar da natureza, alegrava-me quando conseguia espantar uma cotovia, ainda preguiçosa, ou afugentar uma lebre, acomodada no sulco da terra. Ia para a floresta, nos arredores da cidade. As gotas de orvalho caíam dos galhos das árvores, nas flores do campo. As árvores cumprimentavam-me com um vagaroso sussurro de sonolência. Das janelas dos cárceres olhavam para mim os rostos dos presos, pálidos e sombrios. O guarda brandia as armas, andando em volta do prédio e substituindo as sentinelas noturnas cansadas.

Meu caminho de rodeio era longo, mas mesmo assim as pessoas que eu encontrava na cidade e também os que abriam os contraventos ainda estavam com cara de preguiça. Mas quando o sol despontava acima da montanha, do lado dos açudes, ouvia-se o sinal da campainha que convocava os colegiais, e a fome me chamava para casa.

Todos me tomavam por vagabundo, moleque imprestável, e acusavam-me tantas vezes de ter maus hábitos que eu mesmo comecei a acreditar nisso. Meu pai também acreditou e, de vez em quando, tentava se ocupar com a minha educação, mas nunca teve êxito. Só de ver o seu rosto severo e sombrio, com o selo do pesar inconsolável, eu me acanhava e me voltava para meu íntimo. Diante dele, eu ficava indeciso, mexendo na minha calça e olhando para todos os lados. Às vezes, eu tinha vontade de que ele me abraçasse, me segurasse no colo e me desse carinho. Então eu me apertaria contra o seu peito, e talvez nós dois – uma criança e um homem severo – chorássemos a nossa incurável dor comum. Mas os seus olhos opacos pareciam passar por cima da minha cabeça, e eu me encolhia sob esse olhar indecifrável.

"Você se lembra da mamãe?"

Se eu me lembrava dela? Oh, eu me lembrava, sim! Lembrava-me de como eu, acordando de noite, procurava as suas mãos ternas, apertava-me com força contra elas e as cobria de beijos. E de, no último ano de sua vida, ela sentada à janela aberta. Olhava tristemente para a maravilhosa vista primaveril, despedindo-se.

Sim, eu me lembrava dela!... Coberta de flores, jovem e bela, deitada com o selo da morte no rosto pálido, e eu, como um bichinho encolhido, olhava para ela com os olhos acesos e, diante deles, abria-se para mim, pela primeira vez, o horror do mistério da vida e da morte. E depois, quando ela foi levada por pessoas desconhecidas, não seriam meus os prantos abafados, os gemidos nos crepúsculos, a primeira noite da orfandade?

Oh, sim, eu me lembrava dela!... Quantas vezes eu acordava no meio da noite, cheio de amor no coração, acordava sorrindo, feliz no meu esquecimento total da realidade, inspirado pelos sonhos infantis cor-de-rosa, e parecia que ela estava ao meu lado e me daria o seu amoroso e doce carinho. Mas o meu coração sentia o gosto amargo da solidão e as minhas mãos encontravam o vazio, então apertavam o pequeno coração que batia com dor, e lágrimas quentes escorriam-me pelas faces.

Oh, sim, eu me lembrava dela!... Mas em resposta ao homem alto e sombrio, de quem eu desejava sentir, mas não sentia, o coração do pai, do meu consanguíneo, eu me encolhia ainda mais e tirava a minha da mão da sua.

Ele se virava com dor e desgosto, sentindo que não exercia nenhuma influência sobre mim, que entre nós erigira um muro intransponível. Ele a amava demais e era tão feliz enquanto ela estava viva que nem reparava em mim. E agora o que nos separava era o seu pesar.

O abismo entre nós tornava-se cada vez mais largo e mais fundo. Ele se convencia cada vez mais de que eu era um menino mau, de coração duro e egoísta. E a consciência de que ele deveria cuidar de mim, mas não conseguia; de que deveria me amar, mas não encontrava um lugar para esse amor em seu coração, aumentava a sua antipatia por mim. Eu sentia isso. Às vezes, escondido nos arbustos, eu o observava; via como ele andava pelas alamedas, acelerando o passo, e gemia por causa do insuportável tormento que sofria no coração. Então eu sentia compaixão e piedade por ele. Uma vez, quando ele levou as mãos à cabeça, sentou-se num banco e se desfez em prantos, eu não aguentei e, obedecendo a meu impulso espontâneo, que me empurrava na direção desse homem, saí dos arbustos e corri a seu encontro. Mas meu pai, acordando do seu estado de desespero, olhou para mim com severidade e me fez estacar com uma pergunta gélida: "O que você quer?".

Eu não queria nada. Envergonhado com o meu impulso e temendo que ele lesse a expressão do meu rosto, imediatamente lhe dei as costas. Saí correndo para dentro do jardim, joguei-me de bruços no chão, escondi o rosto na grama e chorei um choro amargo de dor e decepção.

Aos 6 anos de idade eu já tinha provado o horror da solidão. Minha irmã, Sônia, tinha 4 anos. Eu a amava muito, e ela me respondia com o mesmo amor. Mas a minha fama de pequeno bandido ergueu um alto muro entre nós. Toda vez que eu começava a brincar com ela e a fazer travessuras à minha maneira barulhenta, a babá, sempre tão sonolenta que, quando depenava galinhas para fazer travesseiros, fazia isso de olhos fechados, acordava imediatamente, pegava a minha Sônia e a levava para o seu quarto, lançando-me olhares bravos. Nesses momentos, ela me lembrava uma galinha choca, eu me comparava a um gavião, Sônia, a um pintinho, e ficava desgostoso e amargurado. Por isso parei de tentar divertir minha irmãzinha. Senti que faltava espaço na casa e no jardim para mim, lá eu não encontrava nem carinho nem atenção de ninguém. E comecei a perambular. Todo o meu ser tremia com um estranho pressentimento, um antegozo da vida. Parecia-me que, em algum lugar deste mundo misterioso, lá, atrás da velha cerca do jardim, eu encontraria algo que deveria e poderia fazer, só não sabia o que era, exatamente. E, de dentro de mim, do fundo do meu coração, levantava-se algo, convidando e provocando. Eu esperava receber as respostas para as minhas perguntas e, instintivamente, fugia da babá, das penas de galinha, do familiar e preguiçoso sussurro das macieiras no nosso pequeno jardim e do estúpido bater de facas na cozinha quando se preparavam bolinhos de carne. Desde então, às minhas alcunhas pouco elogiosas acrescentaram-se "menino de rua" e "vagabundo". Mas não me importava. Já me habituara às represensões e as suportava, como suportava as chuvas que vinham sem anúncio ou o calor abrasador do sol. Eu as escutava com expressão sorumbática e agia à minha maneira. Vagando pelas ruas, perscrutava com olhar curioso a vida simples da cidadezinha e os seus casebres, escutava o zumbido dos fios do telégrafo na estrada, longe do barulho da cidade, tentando captar as notícias que vinham de grandes e longínquas cidades, ou o farfalho das espigas, o sussurro do vento nos túmulos altos dos bandidos tártaros. Muitas vezes os meus olhos se arregalavam, muitas vezes eu levava um susto terrível perante as cenas da vida. Imagem após imagem, uma impressão atrás da outra ocupava espaço no meu coração como manchas coloridas; vi tanto e conheci tantas coisas que nem as crianças mais velhas do que eu chegaram a ver. E nesse tempo algo incógnito subia do fundo do meu coração infantil e soava, como antes soava nele um marulho misterioso e interminável, chamando-me e provocando-me.

Quando as velhotas me privaram dos atrativos do castelo, quando todos os cantos da cidade, até os mais sujos, já tinham se tornado familiares para mim, eu não podia deixar de olhar para a capela que se via na montanha dos uniatas. No início, como um bichinho assustado, por vários lados eu me aproximava do pé da montanha mal-afamada e não ousava subir. Mas, aos poucos, acabei me acostumando com o lugar e via apenas os pacíficos túmulos e as cruzes danificadas. Não havia sinais de moradia nem presença de pessoas. Estava tudo tranquilo, silencioso, vazio e abandonado. A própria capela parecia estar mergulhada num pensamento triste, com um olhar triste, vazio, cheio de vãos de janelas vazias. Eu queria ver a capela toda, por fora e por dentro, para me certificar de que lá não havia nada além de poeira. Mas temi empreender essa aventura sozinho. Então recrutei um pequeno destacamento de três meninos de rua, seduzindo-os com a promessa de lhes dar pães caseiros e maçãs do nosso jardim.

IV. FAÇO NOVAS AMIZADES

Partimos para a excursão depois do almoço. Ao chegar à montanha, começamos a galgar a sua superfície barrenta, cavada pelas pás dos habitantes e pelas fortes chuvas da primavera. Os desmoronamentos desnudavam a encosta e, em alguns lugares, surgiam do barro ossos dos defuntos. Num lugar apareceu um pedaço de caixão apodrecido; num outro, um crânio humano arreganhava os dentes, fitando-nos com as órbitas negras.

Finalmente, um ajudando o outro, subimos a montanha e vencemos o último barranco. O sol já caía. Os raios enviesados douravam suavemente a relva do velho cemitério, brincavam nas cruzes tortas e refletiam-se no que sobrou do vidro das janelas da capela. Fazia silêncio, reinavam a tranquilidade e a profunda paz no cemitério abandonado. Aí não víamos nem caveiras, nem canelas humanas, nem caixões. A grama verde e fresca, inclinada levemente para o lado da cidade, escondia no seu seio o horror e a feiura do cemitério.

Estávamos sozinhos; somente os pardais brincavam em volta e as andorinhas entravam e saíam voando em silêncio pelas janelas da velha capela, tristonha e cabisbaixa, entre covas cobertas com a relva, cruzes modestas e sepulturas de pedra um tanto destruídas, adornadas por espigas, trevos e violetas.

– Está vazio – disse um dos meus companheiros.

– Logo vai anoitecer – observou outro, olhando para o sol que ainda pairava acima da montanha.

A porta da capela estava fortemente pregada, as janelas ficavam muito acima do chão, mas eu não perdia a esperança de dar uma olhada dentro da capela, com a ajuda dos meus companheiros.

– Não faça isso! – gritou um deles, ao perder de repente toda a sua valentia, e me agarrou pelo braço.

– Vá pro diabo, seu maricas! – levantou a voz o mais velho do nosso pequeno exército, e inclinou-se com prontidão, oferecendo-me as costas.

Subi; depois ele começou a se endireitar, e coloquei os pés nos seus ombros. Nessa posição, alcancei o caixilho sem dificuldades, testei a sua firmeza e, com um puxão, subi e sentei na janela.

– E o que tem aí? – perguntavam-me os curiosos, de baixo.

Eu calava. Inclinei-me, olhei para dentro da capela e senti o solene silêncio do templo abandonado. O interior do alto e estreito edifício não tinha adornos. Os raios crepusculares entravam com facilidade pelas janelas e cobriam de dourado as velhas e embaciadas paredes. Vi o lado interno da porta fechada, os coros sem o chão. As velhas colunas pareciam abaladas pelo peso acima das suas forças que tinham que sustentar. Os cantos estavam cobertos de teias de aranha, e neles abrigava-se aquela escuridão específica que se forma em todas as arestas de prédios antigos. A distância da janela ao chão parecia maior do que até a terra lá embaixo. Eu olhava para baixo como para um buraco fundo e, de início, não conseguia enxergar alguns objetos com contornos esquisitos que jaziam no chão.

Enquanto isso, os meus companheiros cansaram de esperar notícias; um deles fez como eu e ficou pendurado ao meu lado, segurando-se ao caixilho.

– É uma mesa de altar – disse ele ao perscrutar o objeto estranho no chão. – E um lustre.

– Mesinha para o Evangelho.

– E o que é aquilo ali? – perguntou ele, apontando para um objeto próximo, ao lado da mesa de altar.

– É um gorro de pope.

– Não, é um balde.

– Mas para que ia servir um balde aqui?

– Talvez para colocar carvão de incensório.

– Não, é um chapéu. Aliás, podemos verificar. Vamos amarrar o cinto no caixilho e você desce.

– Ora! Eu é que devo descer!... Desça você mesmo, se quiser.

– Está bem! Acha que não vou?

– Então vá, desça!

Movido pelo primeiro impulso, amarrei fortemente os dois cintos, passei-os atrás do pivô do caixilho, dei uma ponta para o companheiro e me pendurei na outra. Quando os meus pés pisaram o chão, estremeci. Mas o olhar compassivo do meu companheiro animou-me. O ruído do meu pulo soou debaixo do teto e ecoou no vão da capela e nos seus cantos. Os pardais voaram dos seus poleiros prediletos e foram embora por um buraco do teto. Da parede que possuía a janela na qual estávamos sentados, mirou-me um rosto severo, barbudo, com uma coroa de espinhos. Era um crucifixo que se inclinava do alto da parede.

Senti muito medo; os olhos do meu amigo brilharam de extrema curiosidade e de compaixão.

– Você vai ver o que é? – perguntou ele baixinho.

– Vou – respondi, também baixinho, tentando recuperar a coragem. Mas nesse instante aconteceu algo que não podíamos imaginar. Primeiro ouviram-se uma batida e o barulho do reboco caído nos coros. Algo começou a se mexer lá em cima, sacudiu uma nuvem de poeira e um grande vulto cinzento, batendo as asas, subiu em direção ao buraco no teto. A capela ficou escura por um instante. Uma enorme coruja importunada por nossa presença saiu do seu canto escuro, apareceu por um instante em toda a sua grandeza com o céu azul de fundo e foi embora.

Fui tomado por uma onda gigantesca de pavor.

– Puxa! – gritei ao companheiro, agarrando o cinto.

– Não tenha medo! Não tenha medo! – acalmava-me ele, preparando-se para me puxar de volta para a luz do sol.

Mas, de repente, o seu rosto desfigurou-se de susto; ele deu um grito e sumiu, pulando da janela. Instintivamente olhei para trás e vi um estranho fenômeno, que me impressionou por ser mais surpreendente que apavorante.

Então ficou claro que aquele objeto da nossa disputa, gorro ou balde, era um pote, que se levantou no ar e desapareceu debaixo da mesa de altar. Eu só tive tempo de ver os contornos de uma pequena mão, parecida com a de uma criança.

É difícil descrever o que senti naquele instante. Não era sofrimento, não pode ser chamado de medo. Eu estava em outro mundo. E até lá, durante alguns segundos, chegava a mim o som de um ligeiro bater de três pares de pés infantis, que logo cessou. Eu me senti tão sozinho, por causa de fenômenos estranhos, inexplicáveis, que parecia que eu estava num caixão.

O tempo já não existia para mim, e por isso não posso dizer se foi ou não logo depois que ouvi um sussurro debaixo da mesa de altar.

– Por que ele não vai embora?

– Assustou-se, não vê?

A primeira voz soou bem infantil, e a segunda podia ser de um menino da minha idade. Tive a impressão de que na fresta da velha mesa do altar brilharam olhos negros.

– E o que ele vai fazer agora? – novamente um sussurro.

– Espere e verá! – respondeu a voz do menino.

Algo se mexeu com maior intensidade debaixo da mesa de altar, fazendo com que ela se inclinasse um pouco e, no mesmo instante, uma figura apareceu debaixo dela. Era um menino de uns 9 anos, mais alto do que eu, magro e fino como um caniço. Vestia uma camisa suja e mantinha as mãos nos bolsos de uma calça curta e estreita. Tinha cabelo encaracolado escuro e pensativos olhos negros.

Embora o desconhecido que entrara em cena de maneira estranha e inesperada estivesse se aproximando de mim com aquele ar aparentemente despreocupado, semelhante ao dos meninos do nosso mercado quando se aproximam procurando briga, eu me animei. E me animei ainda mais quando debaixo da mesa, ou melhor, do alçapão no chão da capela, apareceu um rostinho de cabelo loiro e de brilhantes olhos azuis que me examinavam com curiosidade infantil.

Afastei-me um pouco da parede e, de acordo com as leis de comportamento do nosso mercado, meti as mãos nos bolsos. É o sinal de que eu não tinha medo e até demonstrava meu desprezo ao adversário. Ficamos um diante do outro, trocamos olhares. Ele me examinou da cabeça aos pés e perguntou:

– Pra que você veio?

– Pra nada – respondi. – O que você tem a ver com isso?

Meu adversário mexeu o braço como se quisesse tirar a mão do bolso e me dar um soco. Nem pestanejei.

– Você vai ver! – ameaçou ele.

Eu inflei o peito.

– Então me bate... tenta!...

O momento era crítico; dele dependia como ia prosseguir a nossa relação. Eu aguardava, mas o meu adversário não se mexeu, testando-me com o olhar.

– Eu, irmão, vou... também... – eu disse em tom pacífico. Nesse meio-tempo, a menina tentava sair do alçapão, apoiando-se com as mãos no piso. Ela caía e levantava, até que, finalmente, conseguiu sair. Com passos inseguros aproximou-se do menino. Abraçou-o estreitando-se a ele, olhou para mim com curiosidade e medo. Isso decidiu o resultado do conflito. Era evidente que, desse jeito, o menino não poderia brigar, e eu era generoso demais para me aproveitar da sua incômoda situação.

– Como você se chama? – perguntou ele, passando a mão na cabecinha loira da menina.

– Vássia. E você?

– Valek... Eu sei quem você é: você mora no jardim, perto do açude. Lá tem maçãs graúdas.

– Sim, é verdade, e são gostosas... quer experimentar?

Eu tirei dos bolsos duas maçãs, destinadas ao pagamento do meu exército, que fugiu vergonhosamente. Dei uma maçã a Valek e ofereci a outra à menina.

Mas ela escondeu o rosto, apertando-se contra Valek.

– Ela está com medo – disse ele, e passou a maçã para a menina.

– Mas para que você veio aqui? Alguma vez eu entrei no seu jardim?

– Venha! Ficarei contente! – eu disse, hospitaleiro.

Essa resposta deixou Valek constrangido e pensativo.

– Não sou companhia para você – ele disse, com ar triste.

– E por que não? – perguntei, amargurado com esse tom de tristeza com que ele pronunciou essas palavras.

– Seu pai é juiz.

– E daí? – eu disse, francamente surpreso. – Você vai brincar comigo, e não com meu pai!

– Tibúrtsi não vai deixar – respondeu e, subitamente, ficou inquieto, como se esse nome lhe lembrasse algo importante. – Escute... Você me parece um menino bom, mas mesmo assim é melhor ir embora. Se Tibúrtsi encontrar você aqui, isso vai acabar mal.

Concordei que realmente era hora de voltar. Os últimos raios de sol já abandonavam as janelas da capela, e a cidade não era tão próxima.

– E como eu saio daqui?

– Vou lhe mostrar o caminho. Sairemos juntos.

– E ela? – apontei para a nossa pequena dama.

– Marússia? Ela irá conosco.

– Mas como? Pela janela?

Valek parou para pensar.

– Não, faremos assim: eu o ajudarei a subir até a janela, e nós sairemos por outro lugar.

Com a ajuda do meu novo amigo, subi até a janela, desamarrei o cinto, cingi-o em volta do pivô e, segurando as duas pontas, fiquei dependurado no ar. Ao soltar uma delas, pulei na terra e tirei o cinto. Valek e Marússia já estavam me esperando do lado de fora, perto da parede.

O sol já tinha se escondido atrás da montanha e a cidade mergulhou numa nebulosa sombra lilás, da qual se destacavam somente os cumes dos loiros álamos pelos últimos raios do sol. Para mim, parecia já ter passado, desde que chegara a esse antigo cemitério, um dia inteiro, e tudo isso acontecera ontem.

– Como é bom! – disse eu, abraçado pelo frescor do início da noite, e enchi o peito desse ar umedecido.

– Aqui é tedioso... – disse Valek com ar triste.

– Vocês todos moram aqui? – perguntei, assim que começamos a descer a montanha.

– Sim.

– E onde fica a sua casa?

Eu não podia imaginar crianças sem "casa".

Valek deu uma risadinha triste e não me respondeu.

Contornamos construções desmoronadas e barrancos abruptos, porque Valek conhecia um caminho mais fácil. Ao passar pelo juncal de um pântano seco, atravessamos um córrego com a ajuda de tábuas finas e logo chegamos à planície, ao pé da montanha.

E então tivemos de nos separar. Apertei a mão de Valek, estendi a mão à menina, e ela, com ar carinhoso, deu-me a sua mãozinha e, levantando os seus olhos azuis, perguntou:

– Você virá de novo?

– Virei – respondi –, sem falta!

– Bem – disse Valek –, pode vir, mas só quando os nossos estiverem na cidade.

– "Os nossos", quem?

– Os nossos... todos. Tibúrtsi, Lavróvski, Turkévitch, o "Professor"... mas este talvez não atrapalhe.

– Está bem. Vou ver e, quando eles estiverem na cidade, virei. Mas, por enquanto, adeus!

– Ei, escute – chamou-me Valek, quando me afastei alguns passos.

– Você não vai espalhar por aí que esteve conosco, certo?

– Não direi nada a ninguém – respondi com firmeza.

– Então, tudo bem! E diga a esses seus idiotas que viu o diabo...

– Direi.

– Bem, adeus!

– Adeus!

Já estava escuro em Kniájie-Veno quando me aproximei da cerca do meu jardim. Sobre o castelo desenhou-se a fina foice da lua, acenderam-se as estrelas. Eu já estava para pular a cerca, quando alguém me agarrou pelo braço.

– Vássia, amigo – disse num sussurro emocionado meu companheiro fugido. – Como está, meu caro?

– Assim, como está vendo... E vocês todos me largaram!

Ele baixou os olhos, mas a curiosidade venceu a vergonha e ele perguntou:

– E o que tinha lá?

– O que tinha? Os demônios, é claro... – respondi num tom que não admitia dúvidas. – E vocês são uns covardes.

Livrando-me do companheiro envergonhado, pulei a cerca.

Um quarto de hora depois, eu estava num sono profundo, sonhando com verdadeiros demônios que alegremente saíam pulando do alçapão preto. Valek fazia-os correr com uma verga de salgueiro, e Marússia, com brilho nos olhos, ria e batia palmas.

V. A AMIZADE CONTINUA

A partir desse dia só meus novos amigos me interessavam. À noite, ao ir para a cama, e de manhã, ao acordar, só pensava na próxima visita à montanha. Vagava pelas ruas da cidade com a única finalidade: ver se lá se encontrava toda a turma que Ianuch chamava de "má companhia"; e, se Lavróvski já estava bêbado numa poça d'água, se Turkévitch e Tibúrtsi já peroravam diante de seus auditórios e os indivíduos obscuros farejavam na feira, eu já corria para a montanha, para a capela, atravessando o pântano, com os bolsos cheios de maçãs e doces, guardados de antemão para meus novos amigos.

Valek, um menino em geral muito sério e que me infundia respeito com seus modos de homem adulto, aceitava meus presentes de maneira simples e guardava uma parte para a irmã. Mas MaRússia batia palmas com os olhos brilhando de êxtase, suas faces pálidas coravam, ela ria e esse riso soava em nossos corações como a maior recompensa pelos donativos. Essa pequena criatura pálida lembrava uma flor crescida na sombra. Apesar de ter 4 anos, ela ainda não andava direito com suas perninhas tortas e inseguras, balançando como uma haste de erva ao vento. Seus braços finos eram transparentes; a cabecinha apoiada em seu pescoço fino inclinava-se como uma campânula. O sorriso e a expressão de seus olhos tristes não tinham nada de infantil, lembravam-me minha mãe em seus últimos dias de vida, quando ela ficava ao pé da janela aberta, o que me dava muita tristeza e as lágrimas vinham aos olhos.

Sem querer, eu acabava comparando-a com a minha irmã. Elas tinham a mesma idade, mas Sônia era cheinha como uma broa e elástica como uma bola. Ela corria com ligeireza, seu riso era sonoro, sempre usava vestidos bonitos, e em suas tranças a babá sempre entrelaçava uma fita vermelha. Enquanto minha pequena amiga não corria quase nunca, ria muito raramente e, quando ria, seu riso era como uma campainha baixíssima que a dez passos já não se escutava. Seu vestido era velho e sujo, não havia fita no cabelo, mas sua cabeleira era mais basta que a de Sônia. E, para a minha surpresa, Valek sabia fazer suas tranças com muita habilidade e as fazia todos os dias.

Eu era um diabrete. "Esse garoto – diziam os adultos – tem mercúrio nas pernas e nos braços." Eu mesmo acreditava nisso, embora não conseguisse imaginar quem e de que maneira poderia ter feito isso comigo. Já nos primeiros dias de minhas visitas à capela, eu resolvi avivar o ambiente de meus novos companheiros. Duvido que as paredes da capela tenham ecoado gritos tão fortes como no dia em que procurei animar meus amigos e brincar com Marússia. Mas não tive muito êxito. Quando eu fiz Marússia apostar corrida comigo, Valek olhou seriamente para mim e para a menina e disse:

– Não. Ela vai chorar.

E realmente, quando Marússia correu e ouviu meus passos atrás, ela virou-se para mim, levantou seus bracinhos como que para proteger a cabeça, olhou para mim como um passarinho que caiu numa gaiola e debulhou-se em pranto. Fiquei totalmente desconcertado.

– Está vendo – disse Valek –, ela não gosta de brincar.

Ele fez a menina sentar na grama, colheu flores e deu a ela. Marússia parou de chorar. Começou a mexer nas flores, balbuciava algo, dirigindo-se a ranúnculos dourados, beijava as campânulas. Eu também sosseguei e deitei ao lado deles.

– Por que ela é assim? – perguntei, apontando com os olhos para Marússia.

– Triste? – reiterou Valek a pergunta e depois disse em tom de uma pessoa convencida: – Veja, isso é por causa da pedra cinzenta.

– Sim – ecoou a menina em voz fraca –, é por causa da pedra cinzenta.

– Que pedra cinzenta? – perguntei sem entender nada.

– A pedra cinzenta sugou sua vida – explicou Valek e continuou olhando para o céu. – Assim disse Tibúrtsi... Tibúrtsi sabe das coisas.

– Sim – ecoou a menina outra vez –, Tibúrtsi sabe de tudo.

Eu não entendi nada nessas palavras misteriosas de Tibúrtsi que Valek repetiu. Porém, o argumento de que Tibúrtsi sabia de tudo surtiu efeito. Solevantei-me no cotovelo e olhei para Marússia. Ela continuava na mesma posição, assim como Valek a colocara, e mexia nas flores. Os movimentos de seus braços finos eram lentos; os olhos e as olheiras azuis destacavam-se em seu rosto pálido; os cílios longos estavam abaixados. Vendo essa pequena e triste criatura, ficou claro para mim que nas palavras de Tibúrtsi, embora eu não entendesse seu sentido, estava a amarga verdade. Não havia dúvidas de que alguém sugava a vida dessa estranha menina, que chora quando outras riem. Mas como essa pedra cinzenta pode fazer isso?

Para mim, esse enigma era mais terrível que todos os fantasmas do velho castelo. Por mais temíveis que fossem os turcos presos sob a terra, por mais temível que fosse o velho conde que os dominava nas noites tempestuosas, todos eles pareciam personagens de velhos contos de fadas. Mas aqui algo terrível e desconhecido mostrava-se como um fato evidente. Algo disforme, implacável, cruel e duro como pedra inclinava-se sobre a cabecinha da menina sugando dela o corado de suas faces, o brilho de seus olhos, a vivacidade de seus movimentos. "Isso deve estar acontecendo de noite" – eu pensava, e uma compaixão apertava meu coração.

Esse sentimento me fez comedir a minha vivacidade. Respeitando os gostos de nossa dama, Valek e eu a acomodávamos na grama, colhíamos para ela flores, pedrinhas coloridas, caçávamos borboletas, fazíamos armadilhas para pardais com tijolos. Às vezes, deitados na grama perto dela, olhávamos para o céu, observando as nuvens brancas passarem por cima do teto despedaçado da velha capela, narrávamos contos de fadas para Marússia ou conversávamos entre nós. A cada dia, essas conversas consolidavam nossa amizade apesar da oposição de nossos temperamentos. À minha vivacidade impulsiva, Valek opôs uma triste ponderação e inspirou-me respeito por sua competência e pelo tom respeitoso com que ele se referia às pessoas. Além disso, eu soube dele muitas coisas das quais nem imaginava. Ao ouvi-lo falar de Tibúrtsi como de um amigo, perguntei:

– Tibúrtsi é seu pai?

– Deve ser – respondeu ele pensativo, como se essa questão não lhe passasse pela cabeça.

– Ele te ama?

– Sim, ama – disse ele já com firmeza. – Ele sempre cuida de mim e, sabe, às vezes ele me beija e chora.

– E ama a mim também, e também chora – acrescentou Marússia, com uma expressão de orgulho.

– O meu pai não me ama – eu disse com tristeza. – Ele nunca me deu um beijo... Ele é mau.

– Não é verdade, não é verdade – replicou Valek –, você não entende. Tibúrtsi sabe melhor. Ele disse que o juiz é a melhor pessoa da cidade e que a cidade já faz tempo teria parado no inferno se não fosse por seu pai e pelo pope, que há pouco tempo foi mandado para o mosteiro. E o rabino também. Foi por causa deles três...

– Por causa deles o quê?

– Que a cidade ainda não foi para o inferno. Assim disse Tibúrtsi. Porque eles defendem os pobres... E, sabe, seu pai meteu na prisão até um conde...

– Sim, é verdade... Eu ouvi dizer. O conde ficou furioso.

– Está vendo! E não é brincadeira meter um conde na prisão.

– Por quê?

– Por quê? – replicou Valek um tanto desconcertado... – Porque o conde não é uma pessoa simples... Ele faz o que quer, anda de carruagem e ainda... tem dinheiro; ele poderia dar dinheiro para outro juiz para que condenasse o pobre e não ele.

– Sim, é verdade. Eu o ouvi gritar na nossa casa: "Eu posso comprar e vender todos vocês!".

– E o juiz?

– E o pai lhe disse: "Fora daqui!".

– Então, é isso aí! Tibúrtsi diz que ele não tem medo de mandar embora um ricaço. E quando a velha Ivánikha, de muleta, chegou a ele, ele mandou trazer uma cadeira para ela. Eis como ele é! Turkévitch nunca fez escândalo debaixo de suas janelas.

Era verdade: Turkévitch, em suas excursões acusadoras, sempre passava quieto diante de nossa casa.

Tudo isso me fez pensar muito. Valek mostrou-me meu pai por um lado diferente. Nunca me passou pela cabeça olhar para meu pai assim. No meu coração, as palavras de Valek tocaram a corda de orgulho filial e foi agradável ouvir elogios a meu pai, e ainda da parte de Tibúrtsi, que "sabe tudo".

Mas, ao mesmo tempo, tremeu no meu coração a nota do amor e da amarga consciência de que esse homem nunca me amou e jamais amará da forma como Tibúrtsi ama seus filhos.

VI. ENTRE AS PEDRAS CINZENTAS

Passaram-se alguns dias. Os membros da "má companhia" deixaram de aparecer na cidade, e eu vagava em vão pelas ruas, entediado, esperando o seu aparecimento para sair correndo para a montanha.

Somente o "Professor" passou por mim umas duas vezes com o seu andar pachorrento, mas não se viam nem Turkévitch nem Tibúrtsi em parte alguma. Fiquei muito triste, porque já era para mim uma grande privação não me encontrar com Valek e Marússia. Eis que um dia, quando eu passava cabisbaixo por uma rua poeirenta, Valek pôs a mão no meu ombro.

– Por que deixou de vir? – perguntou ele.

– Tinha medo. Os seus não se viam na cidade...

– Ah... Nem me passou pela cabeça avisar-lhe que os nossos não estão... E eu imaginei outra coisa.

– Que coisa?

– Que você se entediou.

– Não, o que é isso! Vou correndo agora mesmo – apressei-me –, e as maçãs já estão comigo.

Ao ouvir a palavra "maçãs", Valek virou-se para mim bruscamente, como se quisesse dizer algo, mas não disse nada, só olhou para mim de um modo estranho.

– Não é nada, nada – disse ele, vendo a indagação em meu rosto. – Vá direto para a montanha, vou dar uma passada num lugar aqui, resolver um assunto. Eu o alcanço no caminho.

Fui andando devagar, olhava para trás frequentemente, esperando que Valek me alcançasse; mas já tinha subido a montanha e chegava à capela, e ele não aparecia. Parei, perplexo. Diante de mim estava o cemitério, deserto e calmo, somente os pardais chilreavam, gozando da liberdade, e os densos arbustos da cereja-dos-passarinhos sussurravam baixinho, com sua rica folhagem escura, apertando-se contra a parede do lado sul da capela.

Olhei à minha volta. Para onde ir agora? Pelo visto, era preciso esperar por Valek. Enquanto isso, comecei a andar entre os túmulos e, por não ter o que fazer, tentava decifrar as antigas inscrições gastas nas lápides cobertas de musgo. Vagando de túmulo em túmulo, encontrei um jazigo. Seu teto estava no chão, ao lado, sobre a terra, tirado ou arrancado pela tempestade. A porta estava pregada. Por curiosidade, encostei uma cruz na parede, subi e olhei para dentro. O jazigo estava vazio, mas no centro do chão havia sido embutido um caixilho com uma janela de vidro, e através dela via-se o escuro vácuo subterrâneo.

Enquanto eu examinava a sepultura, estranhando a finalidade da janela, Valek subiu a montanha correndo, cansado e ofegante, com um pão hebraico nas mãos e algo no peito por baixo da camisa, o rosto ensopado de suor.

– Ah! – gritou ele, ao me ver. – Se Tibúrtsi visse você aqui, como ele ficaria bravo! Agora, não adianta nada... Sei que você é bom rapaz e não vai contar a ninguém. Vamos à nossa moradia.

– Mas onde está? Longe? – perguntei.

– Você verá. Siga-me.

Ele abriu os ramos de um arbusto de lilás e desapareceu na vegetação ao pé da parede da capela. Eu o segui e me vi numa pequena quadra de chão batido e escondida na verdura. Entre os troncos do arbusto, vi no chão uma abertura com degraus de terra que levavam para baixo. Valek desceu, eu atrás dele, e, em alguns segundos, ficamos numa escuridão debaixo da vegetação. Valek pegou-me pela mão, levou-me por um corredor estreito e úmido e, ao virar bruscamente para a direita, entramos num amplo subsolo.

Parei na entrada, pasmado com aquele espetáculo inédito. Dois feixes de luz destacavam-se do fundo escuro do subsolo. Eles vinham de cima por duas janelas, uma era a que eu havia visto no jazigo, e a outra, um tanto afastada, provavelmente feita da mesma maneira. Os raios do sol não penetravam diretamente ali, mas refletiam-se das paredes das velhas sepulturas, caíam nas lajes do piso e dispersavam-se no ar úmido do subsolo.

As paredes também eram de pedra; as colunas, maciças e largas, estendiam seus arcos de pedra para todos os lados e juntavam-se solidamente em cima, no teto arqueado. Nos lugares iluminados do piso estavam sentadas duas figuras. O velho "Professor", cabisbaixo, balbuciava algo e com uma agulha remexia os seus farrapos. Ele nem levantou a cabeça quando entramos e, se não fossem esses leves movimentos da sua mão, essa figura cinzenta poderia ser tomada por uma fantástica estátua de pedra.

Debaixo da outra janela estava sentada Marússia com um montinho de flores, selecionando-as e fazendo buquezinhos, como de hábito. A luz iluminava a sua cabecinha loira e todo o seu corpinho, mas mesmo assim ela não se destacava muito do fundo de pedras cinzentas e parecia uma pequena mancha nebulosa que a qualquer momento podia se diluir e desaparecer.

Quando as nuvens escondiam o sol, lá em cima, sobre a terra, as paredes do subsolo mergulhavam na escuridão, como se tivessem se afastado e ido embora, mas depois apareciam como pedras duras e frias cerrando-se em duros abraços sobre a minúscula figura da menina. Lembrei-me das palavras de Valek sobre a "pedra cinzenta" que sugava de Marússia toda a sua alegria, e um medo supersticioso penetrou no meu coração. Parecia-me sentir em mim mesmo esse olhar da pedra, fixo e ávido. Como se esse subsolo vigiasse atentamente a sua vítima.

– Valek! – alegrou-se ela ao ver o irmão. E quando ela me viu, nos seus olhos brilhou uma faísca...

Eu lhe dei as maçãs, e Valek partiu um pãozinho, deu-lhe uma parte, e a outra levou para o "Professor".

O pobre cientista pegou a dádiva com indiferença e começou a mastigar sem interromper a sua ocupação. Eu me encolhi indeciso, sentindo-me como que amarrado sob o opressivo olhar da pedra cinzenta.

– Vamos embora, vamos sair daqui – eu disse a Valek. – Leve-a...

– Marússia, vamos subir – ele chamou a irmã.

Nós três saímos do subsolo. Mas, mesmo fora dele, a sensação de um constrangimento tenso não me deixava. Valek parecia mais triste e taciturno que o normal.

– Você demorou na cidade para comprar pães? – perguntei.

– Comprar? – ele soltou uma risadinha irônica. – De onde teria tirado o dinheiro?

– Então como? Pedinchou?

– Ah! Pedinchar!... Quem é que vai me dar?... Não, irmão, peguei no mercado, da banca da judia Sura! Ela nem reparou.

Ele disse isso num tom corriqueiro. Nós estávamos deitados de costas com os braços sob a nuca. Eu me levantei, apoiando-me no cotovelo, e olhei para ele.

– Significa que você roubou?

– É claro!

Voltei a deitar, e ficamos calados por alguns instantes.

– Não é bom roubar – disse em tom triste, pensando alto.

– Todos os "nossos" saíram, Marússia chorava porque estava faminta.

– Sim, faminta! – queixou-se a menina com franqueza infantil.

Eu ainda não sabia o que era fome de verdade, mas, ao ouvir as palavras da menina, algo se mexeu dentro de mim, e olhei para os meus amigos como se os visse pela primeira vez.

Valek continuava estirado na grama, seguindo com o olhar o gavião que pairava no céu. Ele já não me parecia tão competente e, ao olhar para Marússia com o pedaço de pão nas mãos, o meu coração gemeu.

– Por que – esforcei-me a falar –, por que você não me disse isso?

– Eu queria, mas depois desisti, porque você não tem o seu próprio dinheiro.

– E daí? Eu traria pães de casa.

– Como? Às escondidas?

– Sim.

– Isso quer dizer que você também roubaria.

– Eu... do meu pai.

– Pior ainda! – disse Valek. – Eu não roubo do meu pai.

– Então, eu pediria... Para mim, dariam.

– Bem, quem sabe, mas só uma vez. E onde arranjar comida para todos os mendigos?

– E vocês... vocês são... mendigos? – perguntei com a voz esmaecida.

– Somos! – respondeu Valek em tom sombrio.

Fiquei calado e, minutos depois, comecei a me despedir.

– Já está indo? – perguntou Valek.

– Sim, estou.

Eu ia embora porque, naquele dia, já não poderia brincar com os meus amigos como antes... Meu puro afeto infantil ficou como que nublado... Embora o meu amor a Valek e Marússia não tivesse diminuído, misturara-se a ele uma comiseração aguda que causava dor no coração. Ao chegar em casa, fui para a cama cedo, porque não sabia onde guardar esse sentimento novo, doloroso, que transbordava do meu coração. Afundando o rosto no travesseiro, chorava amargamente, até que o forte sono afastasse o meu profundo pesar.

VII. SENHOR TIBÚRTSI ENTRA EM CENA

– Bom dia! Pensei que não viria mais – disse Valek, quando, no dia seguinte, apareci na montanha. Eu entendi por que ele disse isso.

– Não, eu... eu sempre venho visitar vocês – respondi em tom firme para encerrar essa questão de uma vez por todas.

Valek animou-se e ambos sentimos um alívio.

– E aí? Onde estão os seus? – perguntei. – Não voltaram ainda?

– Ainda não. Só o diabo sabe onde estão.

E começamos a fazer uma armadilha para os pardais, para a qual eu tinha trazido alguns fios. Demos a Marússia a ponta do fio e, quando um pardal descuidado, atraído pelos grãos de trigo, pulava dentro da armadilha, Marússia puxava o fio e a portinha caía e trancava o passarinho. Mas nós o soltávamos depois.

Perto do meio-dia, nuvens negras fecharam o céu e, acompanhadas de trovoadas, caiu uma chuva torrencial... Eu não tinha vontade de descer para o subsolo, mas lembrei que lá era onde Valek e Marússia moravam, então venci a minha aversão e fui com eles. No subsolo, reinava escuridão e silêncio. Mas de cima ouviam-se as retumbantes trovoadas, como se uma carroça enorme passasse por um calçamento gigantesco e malfeito. Em alguns minutos ambientei-me ao subsolo. Escutávamos como a terra recebia as torrentes da chuva; as frequentes trovoadas e o barulho das águas animavam-nos, e essa excitação precisava se manifestar.

– Vamos brincar de cabra-cega – sugeri. Amarraram uma venda nos meus olhos; eu ouvia as modulações no tilintar do risinho de Marússia, os seus passinhos inseguros pelo chão de pedra, mas fingi que não conseguia pegá-la. De repente, minhas mãos deram com alguém de roupa molhada e fui agarrado pela perna. Uma mão forte levantou-me do chão e fiquei pendurado no ar de cabeça para baixo. A venda caiu dos meus olhos.

De baixo, eu vi Tibúrtsi, encharcado, bravo e mais terrível do que nunca, a me segurar pelas pernas, girando os furiosos olhos.

– O que é que é isso, hein? – perguntou ele olhando para Valek. – Vejo que acharam um alegre passatempo... E uma companhia agradável.

– Me larga! – eu disse, surpreso de poder falar numa posição tão incomum, mas a mão forte de Tibúrtsi apertou ainda mais a minha perna.

– *Responda*![5] – dirigiu-se severamente a Valek, que, constrangido com o caso, pôs na boca dois dedos como um sinal de que não tinha nada a responder. Reparei que ele olhava com grande compaixão para a minha figura infeliz, que balançava no espaço como um pêndulo.

Tibúrtsi levantou-me e me olhou no rosto.

– Veja só! O senhor juiz, se os meus olhos não me enganam... A que devemos a sua visita?

– Me larga! – insistia eu. – Me larga agora! – E instintivamente fiz um movimento como que querendo

---

5 Grafado no alfabeto latino, no original. [N.E.]

bater o pé no chão, com o que só fiquei balançando mais ainda.

Tibúrtsi gargalhou.

– Oh! O senhor juiz deseja se impor?... É que você ainda não me conhece! *Ego – Tibúrtsi sum.*[6] Posso pendurar você sobre a fogueira e assá-lo como um porquinho.

Já começava a pensar que esse seria o meu inevitável destino à medida que a expressão de desespero de Valek aumentava, confirmando a possibilidade de um resultado tão triste. Por sorte, Marússia veio ao meu socorro.

– Não tenha medo, Vássia, não tenha medo! – encorajou-me ela, chegando aos pés de Tibúrtsi. – Ele nunca assa meninos na fogueira... É mentira!

Com um movimento rápido, Tibúrtsi virou-me, pôs-me de pé, a minha cabeça girou e por pouco não caí, mas ele me segurou com a mão, sentou num pedaço de madeira e me colocou entre os seus joelhos.

– Como é que você veio parar aqui? – ele continuou o seu interrogatório. – Faz muito tempo?... Fale você! – dirigiu-se ele a Valek, porque eu não respondi nada.

– Faz tempo – respondeu ele.

– Quanto tempo?

– Seis dias.

---

6 "Eu sou Tibúrtsi", em latim. [N.A.]

Pelo visto, essa resposta causou certa satisfação a Tibúrtsi.

– Oh, seis dias! – disse ele virando-me de frente para si. – Seis dias é muito tempo... E até agora você não disse a ninguém para onde ia?

– A ninguém.

– Verdade?

– A ninguém – repeti.

– *Bene*, louvável... Há esperança de que não vá espalhar a notícia daqui por diante. Aliás, vendo você nas ruas, sempre o considerei um rapaz decente. Um verdadeiro "menino de rua", embora seja "juiz"... Mas diga: você nos julgaria?

Ele falava em tom bondoso e mesmo assim me senti profundamente ofendido, e por isso respondi com rispidez:

– Juiz, coisa nenhuma. Sou Vássia.

– Uma coisa não impede a outra. Vássia também pode ser juiz, se não agora, mais tarde. Isso já vem de longe, irmão. Veja, eu sou Tibúrtsi, e ele é Valek. Eu sou mendigo e ele é mendigo. E, falando sinceramente, eu roubo e ele vai roubar. Seu pai me julga e, um dia, você também vai julgar... Valek!

– Não vou julgar Valek! – objetei. – Isso não é verdade!

– Ele não vai – intercedeu Marússia com plena convicção, afastando de mim essa terrível previsão.

A menina encostou confiante a cabecinha nos pés desse monstro, e ele acariciou os seus cabelos loiros com a mão nodosa.

– Não fale antes da hora – disse o estranho homem. – Não fale, *amice*[7]! – disse ele num tom pensativo, como se estivesse conversando com uma pessoa adulta. – Não fale. Vem da Antiguidade, a cada um, *suum cuique*; cada um tem o seu caminho e, quem sabe... talvez seja bom que o seu caminho tenha cruzado com o nosso. É bom que você, *amice*, tenha no peito um pedacinho do coração humano em vez de uma pedra fria. Entende?

Eu não entendia nada, mas cravei os olhos nesse homem estranho. Os olhos de Tibúrtsi fitavam atentamente os meus, e algo que cintilava neles começava devagar a penetrar em meu coração.

– É claro que não entende, porque é garoto ainda... Por isso vou ser breve, e um dia você há de recordar as palavras do filósofo Tibúrtsi; se um dia você tiver de julgá-lo, lembre-se de que quando vocês dois eram bobos e brincavam juntos, você já estava no caminho pelo qual andam de calças e com uma boa reserva de provisão, mas ele corria por outro caminho, próprio, de farrapos em vez de calças e de barriga vazia... Aliás, até isso acontecer – disse ele mudando bruscamente

---

7 Em latim, "amigo". [N.A.]

o tom –, lembre-se muito bem do seguinte: se você deixar escapar uma palavra ao seu juiz sobre o que viu aqui, ou ao pássaro que passar voando por você no campo, penduro você pelos pés dentro dessa lareira e faço de você um presunto defumado, ou não serei Tibúrtsi Drab... Isso você entendeu, espero.

– Não direi nada a ninguém... eu... Posso continuar vindo aqui?

– Pode, eu permito... *sub conditionem*[8]. Aliás, você ainda é bobo e não entende latim. Do presunto já lhe falei. Lembre-se disso!

Ele me soltou e, com ar cansado, estendeu-se num banco perto da parede.

– Pegue aquilo lá – disse ele a Valek, apontando para uma cesta grande que tinha deixado na entrada – e acenda o fogo. Hoje nós vamos fazer o almoço.

Nesse momento, ele já não era o homem que me apavorava, girando os olhos um minuto antes, nem o palhaço que divertia o público para receber esmola. Ele mandava como o dono e dava ordens como o chefe da família para a gente de casa.

Ele tinha um ar muito cansado, a sua roupa estava molhada pela chuva, o rosto também, o cabelo grudado na testa, e existia uma estafa que passava por todo o seu corpo. Pela primeira vez eu vi essa expres-

---

8 Em latim, "com uma condição". [N.A.]

são no rosto do alegre orador dos botecos da cidade. E esse olhar para os bastidores, para o ator fatigado, descansando depois de ter feito um papel difícil na cena da vida, deixou no meu coração algo lúgubre. Isso foi uma das revelações que a velha capela dos uniatas entregava-me generosamente.

Valek e eu pusemos mãos à obra. Ele acendeu uma estilha, e fomos para o corredor escuro. Lá, amontoados num canto, estavam tábuas velhas e pedaços de cruzes, além de um pouco de madeira um tanto podre. Pegamos algumas dessas coisas e colocamos na lareira para acender o fogo. Depois tive de me retirar. Valek, com mãos hábeis, começou a preparar comida. Meia hora depois algo já fervia num pote. Enquanto cozinhava, ele colocou numa mesa improvisada de três pés a frigideira com pedaços de carne assada fumegante. Tibúrtsi levantou-se.

– Está pronto? – disse ele. – Perfeito. Sente-se com a gente, rapaz, você ganhou o seu almoço... *Domine preceptor*![9] – gritou ele dirigindo-se ao "Professor". – Largue a agulha e venha à mesa.

– Já vai – respondeu o "Professor", surpreendendo-me com essa resposta consciente.

Aliás, essa faísca da consciência, despertada pela voz de Tibúrtsi, não voltou a se manifestar. O velho

---

9 Em latim, "senhor preceptor". [N.A.]

enfiou a agulha nos farrapos e, com indiferença e olhar embaciado, sentou-se num dos pedaços de madeira que substituíam as cadeiras. Marússia ficou no colo de Tibúrtsi. Ela e Valek comiam com muita vontade, o que demonstrava que o prato de carne para eles era um luxo inédito. Marússia lambia até os dedos engordurados. Tibúrtsi comia com calma e, tendo uma necessidade invencível de falar, dirigia-se ao "Professor" a todo momento com as suas conversas. O pobre cientista manifestava uma surpreendente atenção e, inclinando a cabeça, escutava tudo com ar tão compreensivo, como se entendesse cada palavra. Às vezes, até expressava a sua concordância balançando a cabeça ou murmurando baixo.

– Veja, *domine*, de quão pouco a gente precisa – dizia Tibúrtsi. – Não é verdade? Agora estamos satisfeitos e só nos falta agradecer a Deus e ao capelão de Klevan...

– Uhum, uhum! – concordava o "Professor".

– Você, *domine*, faz coro, mas não entende o que o capelão de Klevan tem a ver com isso, pois eu o conheço. Não fosse o capelão, não teríamos nem a carne assada nem outras coisas...

– Foi o capelão de Klevan que lhes deu isso? – perguntei, ao lembrar o bondoso rosto redondo desse capelão que visitava meu pai.

– A mente desse menino, *domine*, é curiosa – continuava Tibúrtsi, dirigindo-se ao "Professor". – Realmente, o sacerdote deu-nos tudo isso, embora nem estivéssemos pedindo nada. E talvez não só a sua mão esquerda não soubesse o que estava dando a direita, como também ambas as mãos não tinham a menor ideia da coisa... Coma, *domine*, coma!

Desse discurso estranho e confuso entendi somente que o método da obtenção não foi totalmente comum e não me contive, fiz mais uma pergunta:

– Vocês... pegaram isso?

– O menino não carece de perspicácia – continuou Tibúrtsi –, mas é uma pena que ele não tenha visto o próprio capelão. Sua pança é como um verdadeiro barril, e portanto comida farta é muito prejudicial a ele. Enquanto nós todos aqui presentes sofremos de magreza excessiva, e por isso não podemos considerar desnecessária uma certa quantidade de provisão... Estou certo, *domine*?

– Uhum, uhum! – murmurou o pensativo "Professor" outra vez.

– Pois bem! Dessa vez expressamos a nossa opinião com acerto. Eu já estava inclinado a pensar que esse menino tem a mente mais viva que certos cientistas... Porém, voltando ao capelão, acho que uma boa lição merece uma recompensa e, nesse caso, podemos dizer que compramos a sua provisão: se depois disso ele colocar portas mais fortes no seu depósito, estaremos quites... Aliás – virou-se para mim, de repente –, mesmo assim você ainda é bobo e não entende muitas coisas. Mas ela entende. Diga, Marússia: fiz bem trazendo carne para você?

– Bem! – respondeu a menina, com brilho nos olhos azul-turquesa. A menina sempre sentia fome.

No fim da tarde eu voltava para casa, pensativo, com a cabeça nublada. Os estranhos discursos de Tibúrtsi não abalaram nem por um instante a convicção de que "roubar é mau". Ao contrário, a sensação desagradável de antes recrudesceu. Mendigos... ladrões... gente sem lar!... Eu sabia, havia tempo, que, entre pessoas do nosso meio, isso causava desdém. E até senti como do meu coração subia o amargor desse desprezo, mas protegia instintivamente o meu afeto e não o deixava se misturar com o amargo... Como resultado desse processo confuso, a compaixão por Valek e Marússia aumentou, aguçou-se, e o afeto continuou. E a fórmula "roubar é mau" permaneceu.

Mas, quando eu imaginava o rostinho animado da minha pequena amiga lambendo os dedos engordurados, sentia a sua alegria e a alegria de Valek.

Numa alameda escura do nosso jardim, encontrei-me inesperadamente com o meu pai. Ele costumava andar sombrio para cá e para lá com um olhar estranho, enevoado. Quando me viu à sua frente, pegou-me pelo ombro.

– De onde você vem?

– Eu... estava passeando...

Ele fixou o olhar em mim, queria dizer algo, mas desistiu, fez um gesto de indiferença com a mão e seguiu o seu caminho. Eu já entendia o sentido desse gesto: – Ah, tanto faz... Ela não existe mais!

Eu menti pela primeira vez na vida. Sempre tive medo do meu pai, e muito mais naquele tempo. Ele seria capaz de me entender? Eu poderia confessar algo a ele, sem trair os meus amigos? Eu tremia só de pensar que um dia ele poderia descobrir algo sobre a minha relação com a "má companhia"; mas trair Valek e Marússia, disso eu não seria capaz.

Além do mais, existia um "decoro". Se eu os traísse, se não mantivesse a minha palavra, não poderia sequer olhar na cara deles, de tanta vergonha.

VIII. NO OUTONO

Estava chegando o outono. Começava a colheita nos campos, as folhas das árvores amarelavam. E a nossa Marússia começou a adoecer. Ela não se queixava de nada, mas emagrecia, o rostinho empalidecia, os olhos escureciam, tornavam-se maiores, as pálpebras erguiam-se com dificuldade.

Agora eu podia chegar à montanha sem me preocupar com a presença dos membros da "má companhia" no subsolo. Nós nos acostumamos, eu era de casa.

– Você é um bom rapaz e um dia também será general – dizia-me Turkévitch.

Os jovens suspeitos faziam-me arcos e armadilhas de folhas e galhos de olmo; o altíssimo sargento de artilharia de nariz vermelho girava-me no ar como um palito, ensinando-me ginástica. Somente o "Professor" estava mergulhado em profundos raciocínios, como sempre, e Lavróvski, quando sóbrio, evitava qualquer companhia, isolando-se em algum canto. Toda essa gente morava separadamente de Tibúrtsi, que, junto com a sua "família", ocupava o subsolo que já descrevi.

Os outros integrantes da "má companhia" abrigavam-se num outro subsolo, um pouco maior, apartado do primeiro por dois corredores estreitos. Lá havia menos luz e mais umidade. Em alguns lugares havia bancos encostados nas paredes e pedaços de madeira que serviam de cadeiras.

Os bancos estavam cobertos de farrapos, que substituíam a roupa de cama. No centro, um lugar iluminado, ficava um banco de carpinteiro, no qual, de vez em quando, o senhor Tibúrtsi, ou outro suspeito qualquer, fazia pequenos objetos. Na "má companhia" havia um sapateiro e um cesteiro, mas, além de Tibúrtsi, todos os outros artesãos eram ou diletantes, ou criaturas débeis, ou pessoas com um forte tremor nas mãos, como notei, e o trabalho não tinha condições de ser bem-sucedido. O piso desse subsolo estava coberto de raspas e retalhos de madeira; sujeira e desordem reinavam por toda parte, embora Tibúrtsi bronqueasse de vez em quando e obrigasse alguns dos moradores a varrer e arrumar esse recinto sombrio. Nesse local eu raramente entrava, porque não podia suportar o ar bolorento e, além disso, Lavróvski passava ali seus momentos sóbrios. Ele costumava ficar sentado num banco, escondendo o rosto com as palmas das mãos. Ou andava de um canto ao outro a passo rápido, deixando esvoaçar os seus longos cabelos. Olhar para essa figura trazia sentimentos um tanto pesados e lúgubres, o que meus nervos não aguentavam. Mas os seus companheiros de moradia já estavam acostumados com tais esquisitices. Às vezes, o general Turkévitch obrigava-o a passar a limpo as petições ou as denúncias inventadas pelo próprio general ou os pasquins burlescos que ele depois colava nos postes dos lampiões. Lavróvski sentava-se à mesa de Tibúrtsi e, submissamente, copiava tudo durante horas inteiras em linhas retas, com letra perfeita.

Duas vezes vi como ele, totalmente bêbado, sem sentidos, foi carregado de cima para o subsolo. A cabeça do coitado pendia, balançando de um lado para outro, os pés arrastavam-se e batiam nos degraus de pedra e as lágrimas corriam por seu rosto sofrido. Marússia e eu, apertando-nos um ao outro, observávamos essa cena de longe, de um canto, mas Valek corria para cá e para lá entre os adultos, sustentando ora o braço ou a perna, ora a cabeça de Lavróvski.

Tudo o que nas ruas me divertia ou interessava nessa gente, como teatrinho de feira, aqui, atrás dos bastidores, revelava o seu verdadeiro aspecto, sem disfarces, e oprimia o meu coração de criança.

Aqui Tibúrtsi gozava de autoridade indiscutível. Foi ele quem descobriu esses subsolos, ele mandava aqui e todos cumpriam as suas ordens. Nenhuma vez qualquer um dentre eles, que já haviam perdido a sua dignidade humana, dirigiu-se a mim com propostas indecentes. Hoje em dia, ensinado pela experiência da vida, sei que entre eles existia libertinagem, vícios e depravação. Mas, quando essa gente e esses quadros cobertos pela névoa do passado me vêm à memória, apenas vejo os traços trágicos de desgraças e miséria.

A infância e a juventude são as grandes fontes do idealismo!

O outono avançava e encobria com mais frequência o sol. A redondeza se afundava nas névoas escuras. A chuva barulhenta caía na terra e ecoava com um monótono e triste ronco nos subsolos. Nesse tempo, era difícil sair de casa despercebido, mas, ao voltar todo encharcado, pendurava a minha roupa em frente à lareira, ia para a cama e calava filosoficamente em resposta às repreensões das babás e empregadas domésticas que desabavam sobre mim como chuva de granizo.

Toda vez que voltava aos meus amigos, notava que Marússia estava definhando. Ela já não respirava ar puro, e a pedra cinzenta, o monstro do subsolo, continuava o seu trabalho horrendo, sugando a vida do corpinho da criança. A maior parte do tempo, ela estava acamada; Valek e eu fazíamos de tudo para distraí-la, diverti-la e ouvir as modulações do seu tênue riso.

Eu já me familiarizara totalmente com a "má companhia", e o triste sorriso de Marússia era tão importante para mim como o sorriso da minha irmã; nesse grupo ninguém me criticava por ser vagabundo, não havia babá rabugenta e eu me sentia útil, a minha presença era necessária, pois cada aparecimento meu animava a menina e as suas faces voltavam a ficar rosadas. Valek me abraçava como se eu fosse seu irmão, e até Tibúrtsi olhava para nós com os olhos enternecidos, nos quais, às vezes, brilhava algo, como se fosse uma lágrima.

O céu clareou por algum tempo; as nuvens foram embora, a terra secava e, pela última vez, antes da chegada do inverno, tivemos dias ensolarados. Todo dia levávamos Marússia para cima, e ela se reanimava; observava tudo em volta com os olhos bem abertos, as faces voltavam a corar, e parecia que o frescor do vento devolvia-lhe a vida roubada pelas pedras cinzentas do subsolo. Mas isso não durou muito tempo...

Nesse ínterim, as nuvens começaram a se condensar acima da minha cabeça.

Um dia, quando eu, como sempre, passava pelas alamedas do jardim, vi numa delas meu pai e, ao lado dele, o velho Ianuch do castelo. O velho fazia reverências servis, falando algo. Meu pai tinha um ar sombrio, e na sua fronte marcou-se uma ruga de ira e impaciência. Ele estendeu a mão afastando Ianuch do seu caminho e disse:

– Vá embora! Você é um velho fofoqueiro, só isso!

Ianuch, piscando os olhos e segurando o gorro nas mãos, avançou correndo e novamente barrou o caminho ao meu pai. Os olhos de meu pai faiscaram de cólera. Ianuch falava baixo e não pude ouvir suas palavras, mas, em compensação, algumas frases de meu pai chegavam até mim. Elas pareciam soar como chicotadas:

– Não acredito numa única palavra... O que você quer dessa gente? Onde estão as provas?... Eu não aceito denúncias, e nas escritas você deve apresentar provas... Cale-se! Quem decide sou eu... Não quero nem ouvir.

E ele afastou Ianuch com tanta firmeza que o velho já não ousou incomodá-lo. Meu pai virou para a alameda lateral, e eu corri para a portinhola.

Jamais gostei desse velho mocho do castelo, e agora o meu coração tremeu com mau pressentimento. Entendi que a conversa escutada referia-se aos meus amigos e a mim, provavelmente.

Tibúrtsi, a quem contei o caso, fez uma careta feia:

– Mas que notícia desagradável, rapaz!... Oh, sua maldita hiena!

– Meu pai mandou-o embora – acrescentei, em consolo.

– Menino, o seu pai é o melhor juiz desde os tempos de Salomão... Mas você sabe o que é *curriculum vitae*? É claro que não. E sabe o que é folha de serviço? Pois *curriculum vitae* é a folha de serviço de uma pessoa... E se esse velho mocho xeretou alguma coisa e resolve apresentar ao seu pai a minha folha de serviço, ah, juro por Deus que eu não gostaria de cair nas garras do juiz!

– Será que ele é tão... mau? – perguntei, lembrando-me dos elogios de Valek.

– Não, não, rapaz! Deus o livre de pensar isso do seu pai! Ele tem coração e conhece muitas coisas. Talvez já saiba aquilo que Ianuch pode lhe dizer, mas cala, porque não considera necessário acuar a velha fera desdentada na sua última toca... Porém, rapaz... Como explicar isso a você? Seu pai está a serviço da sua patroa, cujo nome é lei. Ele tem olhos e tem coração enquanto a lei dorme nas prateleiras; mas quando a patroa lhe disser: "Oh, juiz, não seria a hora de nos ocuparmos de Tibúrtsi Drab ou seja lá como se chama?", o juiz, no mesmo instante, tranca o seu coração com a chave e as suas garras tornam-se tão fortes que o mundo pode girar para outro lado antes que o senhor Tibúrtsi consiga escapar delas... Você entendeu, rapaz?... É por isso que eu e os outros respeitamos ainda mais o seu pai, pois ele é o servidor fiel da sua patroa, a lei, e pessoas como ele são raras. Se todos os servidores da lei fossem fiéis, ela poderia dormir tranquila na prateleira e não acordar jamais. Minha desgraça é que outrora, já faz muito tempo, tive um conflito com a lei, uma suspeita, isto é, uma briga inesperada... Ah, rapaz, foi uma briga muito séria!

Tibúrtsi levantou-se, pegou Marússia nos braços e, afastando-se com ela para um canto, beijou-a e encostou a cabeça feia no seu pequeno peito. Eu fiquei muito impressionado com os estranhos discursos desse estranho homem. Apesar das locuções e dos termos que não pude compreender, captei perfeitamente a essência daquilo que Tibúrtsi falou do meu pai, e a sua personalidade cresceu ainda mais na minha imaginação, criou a aura de uma pessoa de força poderosa, mas simpática, e até mesmo de uma grandeza. Mas junto com isso surgiu outro sentimento, o sentimento de amargura...

"Eis como ele é! – pensei. – Mas ele não me ama."

IX. A BONECA

Os dias ensolarados terminaram e a saúde de Marússia piorou. Todas as nossas invenções para distraí-la não faziam efeito. Seus grandes olhos escurecidos continuavam indiferentes e imóveis. Já havia tempo que não ouvíamos o seu riso. Eu comecei a levar os meus brinquedos para o subsolo, mas eles a distraíam por pouco tempo. Então resolvi pedir ajuda à minha irmã.

Sônia tinha uma boneca com o rosto pintado e um luxuoso cabelo de linho. Era presente de minha finada mãe. Eu depositava muitas esperanças nessa boneca. Chamei Sônia para uma alameda ao lado da nossa casa e pedi que ela me emprestasse a boneca por alguns dias. Fui tão convincente, descrevi tão vivamente a pobre menina adoecida, que nunca teve brinquedos, que Sônia me deu a boneca, prometeu se divertir com outros brinquedos e não falar nada sobre isso.

O efeito dessa elegante jovenzinha sobre a nossa doente superou as minhas expectativas. Marússia, que estava murchando como uma flor no outono, reviveu de repente. Ela me abraçava tão forte e seu riso tornava-se tão sonoro quando ela conversava com a nova amiguinha... A pequena boneca fez quase um milagre: Marússia, que não se levantava da cama, começou a andar de mão dada com a sua filhinha loira e, de vez em quando, até corria descalça, como antes, com as suas perninhas fracas.

Em compensação, essa boneca me fez passar por muitos momentos desagradáveis. Antes de mais nada, encontrei o velho Ianuch no caminho, quando me dirigia à montanha com a boneca escondida junto ao peito. Ele me seguiu longamente com o olhar, balançando a cabeça. Dois dias depois, a velha babá notou o desaparecimento da boneca e começou a procurá-la por todos os cantos. Sônia tentava acalmá-la com as suas afirmações ingênuas de que ela não precisava da boneca, que a boneca fora passear e logo voltaria, o que causou estranheza entre as criadas e até a suspeita de não se tratar de um simples sumiço.

Meu pai não sabia de nada. Mas Ianuch veio outra vez e outra vez foi posto para fora com ira ainda maior. Porém, no mesmo dia, meu pai parou-me quando eu me dirigia à portinhola do jardim e mandou que eu ficasse em casa. No dia seguinte aconteceu o mesmo, e somente quatro dias depois acordei mais cedo e pulei a cerca, enquanto meu pai ainda estava dormindo.

As coisas na montanha iam mal. Marússia estava acamada outra vez, sentia-se pior, o seu rosto ardia e o rubor era da cor do estanho, o cabelo loiro espalhava-se pelo travesseiro. Ela não reconhecia ninguém.

Ao lado dela estava a malfadada boneca com as faces rosadas e os estúpidos olhos brilhantes.

Falei a Valek dos meus receios e decidimos que a boneca deveria ser levada de volta, ainda mais agora, que Marússia não perceberia. Mas erramos! Bastava eu tirar a boneca das mãos da menina desfalecida e ela acordava. O olhar vago. Parecia que ela não estava me vendo, não entendia o que estava acontecendo e, de repente, se punha a chorar baixinho. Mas esse choro era tão lamentoso, e o seu rostinho magro expressava uma mágoa tão profunda, que eu, assustado, coloquei imediatamente a boneca no mesmo lugar. A menina sorriu, abraçou a boneca e se acalmou. Entendi que estava a ponto de privar a minha pequena amiga da primeira e última alegria da sua vida tão curta.

Valek lançou-me um olhar tímido.

– E o que vamos fazer agora? – perguntou ele, tristonho.

Tibúrtsi, sentado cabisbaixo no banco, também olhava para mim com olhar interrogativo. Por isso procurei responder com o ar mais despreocupado possível e disse:

– Nada! A babá já deve ter esquecido.

Mas a velha não havia esquecido. Quando voltei para casa, outra vez encontrei Ianuch perto da portinhola; Sônia estava com os olhos marejados e a babá olhou para mim com ar bravo, resmungando algo com a sua boca desdentada.

O pai perguntou-me onde eu estivera e, ao ouvir atentamente a minha resposta de sempre, limitou-se a repetir a ordem de não sair de casa sem a sua permissão sob nenhum pretexto. A ordem foi resoluta e categórica. Eu não ousei desobedecer e não me atrevi a pedir a permissão.

Passaram-se quatro dias aflitivos. Eu andava pelo jardim, triste, olhava com angústia em direção à montanha e esperava que a tempestade que se condensava sobre a minha cabeça caísse. Não sabia o que iria acontecer, mas estava com o coração apertado. Nunca havia sido castigado na minha vida. Meu pai não só não encostara um dedo em mim como eu não ouvira dele uma palavra ríspida. Agora um mau pressentimento me deixava tenso.

Finalmente, fui chamado ao seu gabinete. Abri a porta timidamente e parei no limiar. O triste sol de outono penetrava pela janela. Meu pai estava sentado na sua poltrona diante do retrato da mamãe e não se virou para mim durante algum tempo. Eu conseguia ouvir as batidas do meu coração.

Finalmente, virou-se. Levantei os olhos para ele e baixei-os no mesmo instante. O rosto do meu pai pareceu-me terrível. Por cerca de meio minuto, aguentei esse pesado olhar fixo e abaixei os olhos.

– Você pegou a boneca da sua irmã?

Essas palavras foram pronunciadas com tal estridência que estremeci.

– Sim – respondi em voz baixa.

– E você sabe que ela é presente da mamãe e que você deveria valorizar como uma coisa sagrada?... Você a roubou?

– Não – disse eu, de cabeça erguida.

– Como não? – gritou de repente meu pai e empurrou a poltrona. – Você a roubou e levou!... Para quem?... Diga!

Ele se aproximou de mim rapidamente e pôs a sua mão pesada no meu ombro. Eu me esforcei para levantar a cabeça e olhar para ele. Seu rosto estava pálido. Uma ruga de sofrimento entre as suas sobrancelhas que surgiu depois da morte da mamãe continuava na sua fronte, e os seus olhos faiscavam de ira. Eu me encolhi todo. Pareceu-me que nesses olhos, os olhos de meu pai, vi demência ou... ódio.

– Então?... Diga! – A sua mão apertou o meu ombro com força.

– N-não direi – respondi em voz baixa.

– Dirá, sim! – escandiu o pai, e na sua voz soou a ameaça.

– Não direi – sussurrei mais baixo ainda.

– Você dirá, dirá!...

Ele repetiu essa palavra com uma voz abafada, como que com esforço e dor. Eu sentia como sua mão tremia em meu ombro e parecia-me ouvir o fervor da raiva em seu peito. Eu abaixava a cabeça cada vez mais, minhas lágrimas caíam no chão, mas eu repetia:

– Não, não direi... Jamais, jamais lhe direi... Por nada nesse mundo!

Então manifestou-se em mim o filho do meu pai. Ele não conseguiria outra resposta com as mais terríveis torturas. Opostos às suas ameaças, levantavam-se dentro de mim, de forma inconsciente, um sentimento ultrajado de criança abandonada e um ardoroso amor por aqueles que me deram aconchego lá, na antiga capela.

Meu pai tomou fôlego. Eu me encolhi ainda mais, lágrimas amargas ardiam no meu rosto. Esperava.

É difícil descrever o que eu senti naqueles momentos. Sabia que o meu pai era irascível, que naquele instante dentro dele fervia uma raiva e, talvez, dali a um segundo, o meu corpo fraco iria se debater nos seus braços fortes. O que ele faria comigo? Me jogaria no chão... me espancaria?

Mas, agora, parece-me que não era disso que eu tinha medo... Mesmo naquela hora, amava-o e sentia instintivamente que com a sua violência louca ele quebraria o meu amor em mil pedaços e aquele ódio que eu vi nos seus olhos inflamaria o meu coração para sempre, durante todo o tempo que eu convivesse com ele.

Perdi totalmente o medo; senti um fervor no peito, uma ousadia, algo como um desafio... Eu esperava, eu desejava que a catástrofe acontecesse, estourasse, finalmente. Já que é assim... que seja... tanto melhor... sim, tanto melhor...

Meu pai suspirou fundo outra vez. Eu já não olhava para ele. Só ouvi esse suspiro pesado, longo, entrecortado... Até hoje não sei se ele conseguiu domar o seu frenesi ou foi a circunstância inesperada que o impediu. Só sei que nesse instante crítico ouviu-se pela janela aberta a voz aguda de Tibúrtsi.

– Olá!... meu pobre amiguinho!...

"Tibúrtsi estava lá!" – passou pela minha cabeça, mas o fato não chegou a me impressionar. Eu esperava. Senti que a mão do meu pai no meu ombro tremeu. Nem imaginava que o aparecimento de Tibúrtsi ou qualquer outra circunstância poderiam surgir entre mim e o meu pai e impedir aquilo que eu considerava inevitável e o que aguardava responder com raiva.

Nesse meio-tempo, Tibúrtsi abriu com rapidez a porta, parou e lançou o seu veloz olhar de lince para nós dois. Até hoje, lembro-me dos mínimos detalhes dessa cena. Nos seus olhos esverdeados, no largo e feio rosto do orador de rua, surgiu uma caçoada fria e maldosa, mas só por um instante. Depois ele balançou a cabeça e na sua voz soou tristeza e não a costumeira ironia.

– Ah!... Vejo que o meu jovem amigo está numa situação muito embaraçosa...

Meu pai lançou a ele um olhar surpreso e fúnebre, mas Tibúrtsi o suportou tranquilamente. Nesse momento ele estava sério, e nos seus olhos sentia-se uma profunda tristeza.

– Senhor juiz! – começou ele com voz suave. – O senhor é um homem justo... solte a criança. O menino esteve em "má companhia", mas Deus é testemunha de que ele não fez nada de errado. E se ele gosta dos meus pobres filhos esfarrapados, não há nada de mau nisso. Pode me mandar para a forca, mas juro por Deus que não permitirei que o menino sofra por causa disso. Eis a sua boneca, rapaz!... – Ele desamarrou uma trouxa e tirou de dentro dela a boneca.

A mão que segurava o meu ombro abriu-se. Meu pai estava pasmo.

– O que significa isso? – perguntou ele finalmente.

– Solte o menino – repetiu Tibúrtsi, e passou carinhosamente a sua mão larga na minha cabeça abaixada. – Com ameaças o senhor não vai conseguir nada dele. Mas, se o senhor deseja, eu lhe contarei tudo de boa vontade... Vamos para outro quarto, senhor juiz.

Meu pai, que o tempo todo olhava espantado para Tibúrtsi, obedeceu. Ambos saíram, e eu fiquei, os sentimentos transbordando do meu coração. Não me dava conta de nada; e se até agora me lembro de todos os detalhes dessa cena, lembro-me até de como os pardais brincavam atrás da janela, e do som dos remos que chegava do rio, isso é pura memória mecânica. Nada disso existia para mim naquele momento; existia apenas um menino em cujo coração dois sentimentos opostos agitavam-se: a ira e o amor. E com tanta força que o coração ficou turvo, como ficam turvos dois líquidos de cores diferentes num copo chacoalhado. Esse menino existia e esse menino era eu e eu tinha pena de mim mesmo. E ainda havia duas vozes vagas atrás da porta que conversavam animadas.

Eu ainda estava no mesmo lugar quando a porta se abriu e os dois interlocutores entraram. Senti uma mão na minha cabeça e estremeci. Era a mão do meu pai, que com ternura passava a mão pelo meu cabelo. Tibúrtsi pegou-me nos braços e, na presença do meu pai, me fez sentar sobre seus joelhos...

– Venha nos ver – disse ele –, o seu pai deixa você se despedir da minha menina. Ela... ela morreu.

A voz de Tibúrtsi estremeceu. Seus olhos começaram a piscar de um modo estranho, em seguida ele se levantou, colocou-me no chão, ergueu-se e saiu do quarto.

Olhei para meu pai. Agora, diante de mim estava outro homem, no qual eu achei algo paterno, o que em vão procurava antes. Seu olhar para mim era pensativo como sempre, mas agora nesse olhar pensativo vi surpresa e interrogação. Parecia que a tempestade que passou sobre nós dispersou a densa neblina que pesava sobre o meu pai e cancelava o seu olhar bondoso e amoroso...

E somente naquele momento ele começou a reconhecer em mim traços do seu filho carnal. Confiante, peguei na sua mão e disse:

– Eu não roubei... A própria Sônia me emprestou a boneca por um tempo...

– Sim, sim – respondeu ele pensativo –, eu sei... Sou culpado perante você, filho, e você tentará me perdoar disso um dia, não é?

Agarrei a sua mão e comecei a beijá-la. Agora sabia que nunca mais veria aquele seu olhar terrível de poucos minutos antes, e o meu amor, contido por tão longo tempo, jorrou como uma torrente para dentro do meu coração.

Eu já não tinha medo dele.

– Você deixa eu ir para a montanha? – perguntei, lembrando-me do convite de Tibúrtsi.

– Sim... Vá, vá se despedir – disse ele com carinho e com o mesmo tom de perplexidade na voz. – Aliás, espere. Por favor, espere um pouco.

Ele foi para o seu dormitório e, ao voltar um minuto depois, deu na minha mão algumas notas de dinheiro.

– Dê isso... a Tibúrtsi. Diga que eu lhe peço encarecidamente, entende? Peço-lhe encarecidamente que aceite esse dinheiro... de você... Entendeu?... Ah, e diga também – acrescentou meu pai, como que vacilando –, diga-lhe que, se ele conhece um tal de... Fiódorovitch, que avise esse Fiódorovitch que é melhor ele sair da nossa cidade... Agora vá, menino, vá depressa.

Alcancei Tibúrtsi já na montanha e, ofegante, cumpri como pude o pedido do pai.

– Meu pai pede encarecidamente... – e meti o dinheiro na sua mão.

Eu não o olhava no rosto. Ele aceitou o dinheiro e escutou com ar sombrio o recado para Fiódorovitch.

No subsolo, sobre o banco de um canto escuro, estava Marússia. A palavra "morte" para o ouvido infantil não tem o seu pleno sentido, e somente ao ver o corpinho sem vida as lágrimas amargas apertaram-me a garganta. Minha pequena amiguinha estava deitada. Seu rostinho de faces cavadas tinha uma expressão grave e triste. Os olhos fechados afundaram um pouco e ficaram mais sombreados pelo azul. A boquinha entreaberta expressava a tristeza infantil. Desse modo, Marússia como que respondia às nossas lágrimas.

O "Professor" estava à cabeceira e balançava a cabeça com indiferença. O sargento de artilharia, com ajuda de outros indivíduos obscuros, batia o machado, fazendo um pequeno féretro com tábuas velhas, tiradas do telhado da capela. Lavróvski, sóbrio e em plena consciência, adornava Marússia com flores que ele mesmo colhera. Valek dormia num canto, estremecendo e soluçando de vez em quando em seu sono.

FINAL

Logo após os acontecimentos descritos, os membros da "má companhia" desapareceram, dispersando-se por outros lugares. Ficaram somente o "Professor", que, até a morte, continuou vagando pela cidade, e Turkévitch, a quem meu pai ajudava de vez em quando, dando-lhe trabalho de copista. Eu perdi bastante sangue nas batalhas com os meninos judeus que torturavam o "Professor", lembrando-lhe os instrumentos cortantes e perfurantes.

O sargento de artilharia e outros indivíduos obscuros foram não se sabe para onde à procura da sua sorte. Tibúrtsi e Valek desapareceram inesperadamente, e ninguém sabia para onde foram, assim como ninguém sabia de onde eles tinham vindo.

A velha capela sofreu muito com as intempéries. Primeiro, caiu o seu telhado, rompendo o teto do subsolo. Depois, aconteceram em volta dela vários desmoronamentos, e ela ficou mais sombria ainda; os mochos gritavam mais forte, e as sinistras luzes azuis nos túmulos continuavam a surgir nas escuras noites de outono. Apenas um túmulo, cercado pela paliçada, cobria-se de relva e flores a cada primavera.

Sônia, eu e, às vezes, meu pai também visitávamos esse túmulo; gostávamos de ficar sentados na sombra da bétula, ouvindo o farfalhar da sua folhagem. Ali, líamos juntos, pensávamos e trocávamos ideias e os primeiros planos da nossa alada e honesta juventude.

E, quando chegou o dia de também deixarmos a cidade natal, nós dois, cheios de vida e de esperanças, pronunciamos sobre esse pequeno túmulo os nossos votos.

Posfácio
O universo artístico
e humanístico de
Vladimir Korolenko

"O Homem é criado para
a felicidade assim como o
pássaro é criado para o voo."

Vladimir Korolenko

As duas novelas de Vladimir Korolenko publicadas pela Carambaia[1] fazem parte das leituras obrigatórias dos russos: são incluídas no currículo escolar e, ao entrar no nosso imaginário, ainda na adolescência, o marcam profundamente pelo inconfundível apelo à compaixão aos humilhados e ofendidos e pela constante busca da luz na existência humana.

Dmítri Sviatopolk-Mírski (1890-1939), autor de uma das melhores histórias da literatura russa, assim começa seu ensaio dedicado à obra de Korolenko: "Vladimir Galaktiónovitch Korolenko cer-

---

1 Ambas foram lançadas em 2016 na Caixa Korolenko (edição limitada) e, em 2019, em volumes separados na Coleção Acervo.

tamente é o mais atraente representante do radicalismo idealista na literatura russa. Se não existisse Tchekhov, ele seria o primeiro entre os prosaístas e poetas de seu tempo".[2] Mas, apesar da grande popularidade de sua obra entre os contemporâneos e do imenso respeito de que gozava durante sua vida no meio literário, Vladimir Korolenko é bem menos conhecido fora da Rússia do que aqueles escritores russos que eram seus amigos e admiradores, como Anton Tchekhov (1860-1904), Liev Tolstói (1828-1910) ou Maksim Górki (1868-1936).

Em muitos aspectos, Korolenko representava um arquétipo do escritor russo: ele nunca se limitava apenas à criação literária, acreditando que o escritor tem o dever sagrado de ser a consciência e a voz do seu povo. Sempre defendia sua posição política profundamente humanista e era muito respeitado tanto pelo povo como pelo meio literário.

Depois da morte de Liev Tolstói, muitos disseram que Korolenko passou a ter influência moral tão grande quanto a dele. Ivan Búnin (1870-1953), o primeiro entre os escritores russos a ganhar o Prêmio Nobel de Literatura, em 1933, escreveu sobre Korolenko: "É uma alegria ele viver entre nós como um

---

2 Sviatopolk-Mírski, D. *Istória russkoi literaturi* [História da literatura russa]. Novossibirsk: Ed. Svínhin i sinoviía, 2005, p. 584.

titã impermeável a todos os fatos negativos, tão numerosos hoje na nossa literatura e em nossa vida"[3]. Para Maksim Górki, Korolenko apresentava "uma imagem ideal do escritor" e era "uma pessoa de rara beleza e força de espírito", não apenas na sua obra, mas também na sua vida.[4]

Vladimir Galaktiónovitch Korolenko nasceu em 15 (27)[5] de julho de 1853, no sudeste do Império Russo (atual Ucrânia), em Jitómir, uma cidade multicultural – russo-ucraniano-polonesa – que seria o palco de várias obras suas, como as novelas *Em má companhia* e *O músico cego*. Seu pai era russo e a mãe, polonesa, por isso, desde a infância, o futuro escritor dominava duas línguas e duas culturas. Depois da insurreição polonesa contra o domínio russo em 1863, a família de Korolenko teve de escolher a nacionalidade e optou pela russa. Quando tinha 15 anos, seu pai faleceu e a família – a mãe com cinco filhos –

---

3 Búnin, I. *Literaturnoe nasledstvo* [Herança literária], vol. 84, liv. 1. Moscou: Ed. Nauka, 1973, p. 377.

4 Górki, M. *Sobránie sotchinéni v 30 tomakh* [Coletânea das obras em 30 volumes], vol. 29. Moscou: Ed. GIHL, 1955, p. 444.

5 Como a Rússia adotou o calendário gregoriano somente em 1918, é de praxe que todas as datas históricas russas anteriores a 1918 sejam informadas em dois formatos: primeiro no calendário juliano (antigo) e depois, entre parênteses, segundo o calendário gregoriano (atual); a diferença entre esses dois calendários é de treze dias.

ficou sem meios de subsistência. Então, desde jovem, o futuro escritor soube o que era pobreza e fome.

Em 1870, Korolenko foi a São Petersburgo e ingressou no Instituto Politécnico, depois na Academia de Agricultura, em Moscou, mas não concluiu nenhum curso: foi expulso por fazer parte de uma organização política secreta. Desde jovem, Korolenko se sentia atraído pelas ideias dos populistas russos (os *naródnik*), que pregavam a aproximação da *intelligentsia* com o povo.

Em 1879, Korolenko foi preso e deportado para a Sibéria. No mesmo ano, na revista *A Palavra*, de São Petersburgo, saiu publicado seu primeiro conto, *Episódios da vida de um "buscador"*.

Exilado em agosto de 1881, Korolenko recusou-se a jurar fidelidade ao imperador Alexandre III e foi colocado numa cela na prisão secreta para militares e para os condenados a trabalhos forçados (grilhetas) na cidade de Tobolsk. No exílio siberiano, Korolenko começou a escrever e, entre outros contos, criou sua primeira obra-prima, *O sonho de Makar*[6]. O conto, publicado em 1885, fez a fama do jovem escritor. Os leitores sentiram "a verdadeira poesia nas

---

6 Esse conto foi publicado recentemente, com tradução de Denise Sales, em *Nova antologia do conto russo (1792-1998)*. Org. de Bruno Barretto Gomide. São Paulo: Editora 34, 2011, p. 207-234.

descrições da longínqua taiga e a profunda e inesgotável compaixão do autor pelo ignorante e insociável Makar, que era ingenuamente egoísta e mesmo assim tinha dentro de si um raio da luz divina"[7].

No mesmo ano de 1885, ao terminar o prazo do exílio, Korolenko recebeu a permissão de se estabelecer em Níjni Nóvgorod, onde começou o período mais frutífero de sua carreira literária. Justamente nessa época foram escritas as obras *Em má companhia* (1885) e *O músico cego* (1886) – que somente durante a vida do escritor teve quinze edições. Em 1886, foi publicado o primeiro livro de Korolenko, *Ensaios e contos*, no qual ele uniu suas obras de ficção e narrativas baseadas em fatos reais. A coletânea chamou muita atenção da crítica literária, que, desde então, começou a acompanhar de perto toda a criação do escritor.

Entre 1891 e 1892, período de uma terrível fome na Rússia, Korolenko e Liev Tolstói foram dos primeiros a prestar ajuda prática à população, salvando milhares de vidas humanas. A trágica experiência do escritor que comoveu a Rússia foi registrada no livro *No ano da fome. Observações e anotações do diário*. Korolenko apresentou somente fatos objetivos "comuns" e escreveu no prefácio: "Menos

---

7 Sviatopolk-Mírski, D. *Op. cit*, p. 586-587.

crueldade, senhores!"[8], declarando com isso seu programa estético. O conjunto desses fatos criou o impressionante quadro fidedigno dos sofrimentos humanos que comoveu milhares de leitores russos, que sentiram em Korolenko o autêntico e profundo humanismo, o talento de escritor e sua posição cívica firme e corajosa. Ele sempre se sentia agudamente responsável pela injustiça social. Os contemporâneos chamavam-no de "consciência de nossa época", "o sol da Rússia", "o espírito claro". E o escritor confirmava isso ao lutar pela revogação da pena atribuída a sete camponeses udmurtes[9], acusados de sacrificar pessoas a deuses pagãos e condenados a trabalhos forçados. O escritor desmascarou uma fraude judicial relacionada ao processo e conseguiu a reabilitação dos camponeses udmurtes. Korolenko reafirmava seu engajamento não somente quando escrevia, protestando contra os *pogroms* contra os judeus, mas também quando, arriscando sua vida, ia para as ruas e praças, exigindo o fim das guerras fratricidas, e quando se pronunciava contrário à pena de morte.

---

8 Korolenko, V. *Pólnoie sobránie sotchinéni* [Coletânea das obras completas], vol. 9. Moscou: Ed. GIHL, 1955, p. 102.

9 Os udmurtes são um povo de origem fino-úgrica que habita a região central da Rússia perto dos Montes Urais.

Quando, em março de 1910, no terceiro número da revista *Rússkoe bogátstvo* (Riqueza russa) – da qual Korolenko era o editor chefe –, foram publicados os primeiros seis capítulos de seu ensaio *Acontecimento cotidiano. Anotações de um jornalista sobre a pena de morte*, Liev Tolstói, que tinha Korolenko em alta estima, escreveu-lhe uma carta:

> Durante a leitura, de todas as maneiras tentei, mas não consegui, segurar não as lágrimas, mas o pranto. Não posso encontrar as palavras para lhe expressar meu agradecimento e amor por esse maravilhoso – tanto no que diz respeito à expressão e ao pensamento quanto, e principalmente, ao sentimento – ensaio.
>
> Ele deve ser reimpresso em milhões de exemplares e divulgado. Nenhum discurso na Duma[10], nenhum tratado, nenhum drama ou romance é capaz de produzir um milésimo do efeito benéfico que esse artigo produz...
>
> Alegro-me com o fato de que tal tipo de ensaio, como o seu, está unindo muitas e muitas pessoas não corrompidas e com o mesmo ideal do bem e da verdade.[11]

---

10 Duma é a câmara baixa da Assembleia Federal, integrante do poder legislativo da Federação Russa.

11 Tolstói, L. *Perepiska s russkimi pissateliami* [Correspondência com os escritores russos]. Moscou: Khudojestvénnaia literatura, 1978, p. 420-421.

Apesar de ter sido confiscado pelas autoridades tsaristas logo após sua publicação, *Acontecimento cotidiano* foi publicado em 1910, com a carta de Liev Tolstói na introdução, em alemão, francês, italiano e búlgaro.

Em 1889, o jovem e ainda desconhecido escritor Aleksei Péchkov (que em breve começaria a publicar seus contos sob o pseudônimo Maksim Górki) levou ao julgamento de Korolenko suas primeiras obras literárias, nas quais este logo sentiu o talento do futuro escritor. Como relembra o próprio Górki:

> Korolenko foi o primeiro a me falar em palavras humanas e de peso sobre a importância da forma e da beleza da forma. Fiquei surpreso com a verdade simples e clara dessas palavras e, ouvindo-o, senti pavor vendo que ser escritor não é uma tarefa fácil.[12]

Mais adiante, o autor confessa:

> Para mim, ele era e continua sendo o homem mais perfeito entre centenas que eu conheci e é a imagem ideal do escritor russo. Tinha uma confiança inabalável nele. Eu mantive amizade com muitos literatos,

---

12 Górki, M. *Sobránie sotchinéni v 18 tomakh* [Coletânea das obras em 18 volumes], vol. 18. Moscou: Ed. GIHL, 1963, p. 157.

mas nenhum deles inspirava o respeito que me inspirou Vladimir Galaktiónovitch Korolenko já em nosso primeiro encontro. Ele foi meu professor por pouco tempo, mas foi, e disso me orgulho até hoje.[13]

Além disso, entre os dois escritores surgiu um parentesco literário peculiar: as famosas personagens de Górki – de origem humilde, que se encontram no fundo do poço, maltrapilhos com inclinações a pensamentos filosóficos – são muito semelhantes às personagens que surgiram pela primeira vez na literatura russa nas obras de Korolenko.

Em 1900, Tchekhov e Korolenko, entre outros escritores russos, foram eleitos membros de honra da Academia de Ciências. No ano seguinte, eles promoveram a candidatura à academia de escritores que consideravam dignos da honraria. Propuseram, assim, o nome do jovem e promissor Górki, e ele foi eleito. Mas o czar não gostou da escolha e os acadêmicos, não os de honra, mas os efetivos, ficaram preocupados e anularam a eleição. Korolenko conclamou os membros da academia a protestar contra essa decisão e, em 1902, em sinal de protesto, recusou o título de acadêmico. Em seguida, sem vacilar, Tchekhov jun-

---

13 Górki, M. *Sobránie sotchinéni v 30 tomakh* [Coletânea das obras em 30 volumes], vol. 29. Moscou: Ed. GIHL, 1955, p. 444.

tou-se a Korolenko. (Ele sempre admirou sua honestidade e coragem civil.) Assim, esses dois escritores entraram nas fileiras dos defensores de Górki.

Entre os anos 1918-1921, durante a guerra civil, Korolenko morava na Ucrânia, em Poltava, território que passava de mão em mão entre dominadores. Várias vezes, arriscando a vida, ele se pronunciou contra o derramamento de sangue, a pilhagem e as atrocidades tanto da parte dos "brancos" como da parte dos "vermelhos"; não via nenhuma justificativa para o terror revolucionário e apelava ao humanismo dos adversários.

Korolenko organizou a coleta de víveres para as crianças de Moscou e Petrogrado[14], fundou colônias para aquelas que ficaram órfãs e abandonadas em resultado da revolução de 1917 e foi eleito presidente de honra da Liga de Salvamento de Crianças, do Comitê de Ajuda aos Famintos.

Mencionamos aqui apenas as maiores manifestações da atividade civil de Korolenko, mas ele continuou sendo escritor e seguiu publicando artigos sobre as questões mais pungentes da vida cotidiana na Rússia.

Em meados de 1905, Korolenko começou a escrever sua autobiografia, *A história do meu contempo-*

---

14 Como passou a se chamar São Petersburgo após 1914.

râneo – um testemunho documental surpreendente sobre a intelectualidade russa do fim do século XIX e começo do XX. O primeiro volume do livro saiu em 1909. E as últimas linhas foram escritas em 25 de dezembro de 1921, pouco antes de sua morte. Revendo sua trajetória de vida, Korolenko escreveu:

> Às vezes olho para trás e faço um balanço. Releio meus antigos cadernos de notas e encontro neles muitos "fragmentos" de ideias e planos de outrora que por algumas razões não foram levados até o fim... Vejo que poderia ter feito muito mais se não tivesse me dispersado entre a literatura de ficção, o jornalismo e empreendimentos práticos, como o Caso de Multan[15] ou a ajuda aos esfomeados. Mas não lamento nem um pouco. Em primeiro lugar, porque não poderia agir de outra maneira. Qualquer caso como o de Beilis[16] deixava-me fora dos eixos. E era preciso que nossa literatura não ficasse indiferente à vida.[17]

---

15 Referência à defesa dos camponeses udmurtes.

16 Referência ao processo de julgamento de Menahem Beilis, em 1913, russo de origem judaica acusado do assassinato de um garoto ucraniano. O processo gerou críticas mundiais às políticas antissemitas do Império Russo.

17 Vladimir Korolenko, *apud* Averin, B. *Istoria rússkoi literaturi: V 4 tomakh* [História da literatura russa em 4 volumes], vol. 4. Leningrado: Ed. Nauka, 1983, p. 170.

A obra de Korolenko pertence ao período transitório da literatura russa. Em muitos aspectos, ela está ligada à literatura clássica russa do século XIX, mas as tendências do século XX também estão presentes de forma evidente em várias obras do escritor. Seu método artístico distingue-se por um profundo e fino psicologismo, desenvolvido na época de ouro da literatura clássica russa. A paisagem poética e emocional é especialmente importante para o escritor. De um lado, ele dá continuidade às descrições da natureza de Turguêniev (1818-1883) e Tolstói como um meio de penetrar no mundo interior dos protagonistas. De outro, Korolenko transforma a paisagem num elemento ativo da narrativa; ele não apenas vê e descreve a natureza, ele a "escuta" e por isso sua paisagem torna-se dinâmica, cheia de imagens que criam associações musicais, como na novela *O músico cego*:

O terceiro inverno da vida do menino chegava ao fim. A neve estava derretendo, formando sonoros regatos primaveris, e sua saúde começou a melhorar, depois de ele ter passado todo esse tempo dentro de casa sem respirar ar puro.

As proteções extras das janelas foram retiradas e a primavera irrompeu em seu quarto com força redobrada. O risonho sol entrava na casa, atrás das janelas balançavam os ramos das faias ainda sem a folhagem, ao longe viam-se os campos pretos com manchas brancas de neve ainda por derreter e, em alguns lugares, já apareciam brotos de vegetação. Respirava-se mais livremente, e todos sentiam suas forças vitais se renovando.

Mas para o menino cego a primavera irrompeu em seu quarto somente com seu barulho. Ele ouvia os regatos que pareciam correr um ao encontro do outro, pulando as pedras e entrando na terra amolecida; os ramos das faias, atrás das janelas, conversavam em sussurro, chocavam-se entre si e batiam levemente nos vidros da janela.

A musicalidade é um dos traços peculiares da forma artística de muitas obras de Korolenko, que ficaram claramente determinados já nos anos 1880, no início da carreira do escritor. Naquele período transitório da literatura russa, ainda poucos pensavam na musicalidade e na beleza da composição. Como quadro sinfônico, por exemplo, foi composto o conto *O homem de Sacalina* (1885), que fez parte do ciclo "siberiano" de "contos sobre os vagabundos". À abertura precede uma narrativa *sui generis*: o silêncio e a escuridão de uma noite de inverno, a solidão de um homem, um povoado perdido na taiga, longe da terra natal, e depois o crepitar da lenha na lareira. Já nisso se estabelece a luta de dois princípios: o do terrível frio, hostil a tudo que é vivo, e o do fogo, calor e vida que resiste ao jugo que os imobiliza. O tema principal da narrativa é a resistência, a aspiração à vida, à liberdade de quem já "bebeu uma vez da taça envenenada pelo desejo insaciável". A narrativa do próprio homem de Sacalina, o fugitivo Vassíli, também é apresentada em melodias musicais no desenvolvimento do tema principal, "a liberdade", nas "vozes" dos protagonistas que fogem de Sacalina, ilha para onde eram levados os condenados a trabalhos forçados.

Ao ouvir a longa narrativa do fugitivo, saturada de terríveis pormenores da vida dos condenados e dos perigos mortais que eles correm, o autor se questiona sobre a sua estranha e paradoxal percepção dessa história:

> Mas por que – perguntava-me eu – essa história ficou gravada em minha mente, não por causa das dificuldades da vida, dos sofrimentos e nem da terrível nostalgia da vagabundagem, mas apenas pela poesia da aspiração à liberdade?[18]

Talvez porque no conto do prisioneiro fugitivo revelou-se a espontânea e nem sempre consciente as-

---

18 Tradução da autora.

piração à liberdade. E ela encontrou uma profunda compaixão no coração do escritor: ele explica o ilogismo dessa percepção da história como uma "simpatia instintiva" a qualquer tentativa ousada de sair do cativeiro para a liberdade, o que, na opinião de Korolenko, é próprio da natureza humana.

Essa obra teve um papel importante na literatura russa da década de 1880. Em janeiro de 1888, quando Anton Tchekhov, que estava trabalhando na novela *A estepe*, sua obra mais poética e musical, releu o conto de Korolenko, escreveu ao autor: "O seu *O homem de Sacalina* parece-me a obra mais destacada dos últimos tempos. Ela foi escrita como uma boa composição musical, segundo todas as regras que o instinto do artista lhe dita"[19]. Não há dúvida de que na forma musical da famosa *A estepe* de Tchekhov se ouve o eco do talento de Korolenko.

Mais do que isso: foi justamente essa obra de Korolenko que chamou atenção de Tchekhov para a ilha de trabalhos forçados e, passados dois anos, ele viajou a Sacalina para colher o material e escrever o livro.

Na composição de suas obras, Korolenko usa a técnica de "deslocamento" do meio social que lhe é

---

19 Tchekhov, A. *Pólnoie sobránie sotchinéni* [Coletânea das obras completas]. *Pisma* [Cartas]. Moscou: Ed. Khudójestvennaia literatura, 1975, p. 170.

costumeiro, cujos membros caracterizam-se pelo sistema estável de conceitos e de critérios morais, e os mergulha num meio com um sistema diferente de conceitos. (Essa técnica foi inspirada pela própria experiência civil de Korolenko, que aderiu aos *naródnik*, intelectuais que se voltaram para o povo, cujo movimento democrático surgiu na Rússia em 1861, depois da abolição da escravidão, e durou até a primeira década do século XX.) O importante para Korolenko não era a simples contraposição dos pontos de vista e conceitos, e sim mostrar como o indivíduo, enfrentando outra ideologia, começa a "refletir" e, às vezes, até chega a compreender a relatividade dos próprios pontos de vista e opiniões, que lhe pareciam irrefutáveis.

Assim, os heróis de Korolenko caem numa situação na qual podem se ver do lado de fora e começam a pensar sobre coisas que antes não poderiam ser objeto de suas reflexões. O indiscutível torna-se contestável e a verdade, absoluta, unilateral e parcial. As personagens dos contos e ensaios de Korolenko não vão do desconhecimento ao conhecimento. Ao contrário, o conhecimento e a compreensão total cedem lugar às perguntas, dúvidas e análise, o que para Korolenko significa o alto grau de compreensão da complexidade da vida.

O herói "ilógico", "paradoxal", que não cabe na teoria da submissão do homem ao meio e às circunstâncias, torna-se uma das personagens presentes em toda a obra de Korolenko. Seu heróis, como os de Górki, não cabem nos padrões de seu meio e procuram fugir dele. Na maioria dos casos, isso se explica pelo misterioso, pelo desconhecido, que vem do fundo do coração do menino Vássia, por exemplo, filho do juiz da cidade, na novela *Em má companhia* (1885):

> E nesse tempo algo incógnito subia do fundo do meu coração infantil e soava, como antes soava nele um marulho misterioso e interminável, chamando-me e provocando-me.

Vássia tinha consciência da mediocridade do ambiente que o cercava e "instintivamente, fugia da babá, das penas de galinha, do familiar e preguiçoso sussurro das macieiras no nosso pequeno jardim e do estúpido bater de facas na cozinha quando se preparavam bolinhos de carne".

Na opinião de Korolenko, as crianças conhecem bem a sensação da misticidade do mundo e da vida, por isso já são poetas e artistas por natureza e adivinham intuitivamente aquilo que a ciência ainda está a caminho de descobrir.

Na novela *Em má companhia,* sente-se claramente a influência de Charles Dickens, o que não é surpreendente, uma vez que Dickens era um dos escritores ingleses mais populares na Rússia desde os anos 1840. O absurdo e o bizarro nas personagens tanto de Korolenko como de Dickens não impedem o leitor de amá-los. Porém, já nessa obra, uma das primeiras de Korolenko, ele encontra sua própria maneira de interpretar a realidade e, graças a isso, descobre campos na psicologia, na conduta social e na percepção do mundo de seus heróis que ainda não tinham sido assimilados pela literatura clássica russa do século XIX.

A história se desenrola numa pequena cidade do sudoeste do país. Vássia, o narrador, envolve-se em má companhia, isto é, vai parar num abrigo de mendigos e vagabundos, e descreve suas impressões: diante dele passa uma galeria inteira de retratos de tipos repudiados e infelizes. Destaca-se dentre eles a figura do senhor Turkévitch. O homem havia chegado ao último grau de humilhação. Toda a sua vida consistia em bebedeira. Mas, nos raros momentos de consciência,

> [...] tornava-se terrível, os olhos febris inflamavam, a face cavada, o curto cabelo em pé. Quando se levantava, batia o punho no peito e recomeçava a sua marcha solene pelas ruas, anunciando em voz alta: "Vou!... Como o profeta Jeremias... Para acusar os ímpios!".

Era o começo de um espetáculo muito interessante. Pode-se dizer com certeza que o senhor Turkévitch, nesses minutos, exercia, com grande sucesso, as funções da publicidade, desconhecida no nosso lugarejo; por isso não surpreende que cidadãos sérios e com cargos importantes largassem o trabalho e se juntassem à multidão que acompanhava o novo profeta ou, ao menos, observassem de longe as suas façanhas.

Na novela *Em má companhia*, que pelo tema e material da vida real se distancia dos contos siberianos, Korolenko escreve sobre pessoas repudiadas pela sociedade que as desafiava. O pitoresco Tibúrtsi, que está no fundo do poço, é um portador de poesia, liberdade, dignidade e independência. Assim como os vagabundos siberianos, Tibúrtsi é precursor dos maltrapilhos românticos dos primeiros contos de Górki.

Numa das séries de sua obra, Korolenko aborda fenômenos pouco estudados do psiquismo humano, tais como a intuição, o subconsciente, impulsos e atrações misteriosos e inconscientes, que indicam a ligação íntima entre o ser humano e as leis universais da vida, que em muito determinam suas normas de moral, e ele "instintivamente" aspira à verdade, ao bem, à liberdade e à luz.

Korolenko costuma se concentrar no próprio processo psicológico da reviravolta espiritual do protagonista, assim como acontece com Piótr Popélski, o herói principal da novela *O músico cego* (1886). Uma das bases filosóficas importantes desse processo foi a convicção de Korolenko de que os princípios da vida "não se esgotam com a esfera de nossa consciência" e que "a meta não é outra coisa a não ser a aspiração consciente, cuja raiz está nos processos inconscientes, lá onde nossa vida une-se imperceptivelmente com a inabarcável área da vida universal".[20] Segundo a opinião do escritor, os atos inconscientes, espontâneos e instintivos de pessoas que seguem não as leis da razão, mas a imposição do coração, constituem justamente a manifestação da lógica suprema da natureza humana, que se opõe ao que é externamente racional, mas que na verdade é um mecanismo da sociedade contemporânea, profundamente ilógica.

Tentando captar a misteriosa mas sem dúvida existente "ligação entre as profundezas da natureza e a profundeza da consciência humana", Korolenko voltava-se para as obras de fisiólogos, biólogos e psicólogos. Não é por acaso que sua novela *O músico cego* foi chamada por ele de estudo, isto é, uma novela-pesquisa. "O principal motivo do estudo", escreveu Korolenko, "é a atração orgânica instintiva pela luz. Daí a crise de meu herói e sua resolução".

---

20 Korolenko, V. *Op. cit.* vol. 10, p. 115.

Na novela, revela-se o drama espiritual do cego que, por meio da arte elevada, entendeu e "viu" o mundo.

Em muitos aspectos, a novela *O músico cego* está ligada à vida do escritor: é a sua cidade natal, o ambiente pitoresco do interior da Ucrânia onde ele passou a infância, é todo o contexto musical da narrativa, enriquecido pelas melodias e canções populares que Korolenko conhecia bem e amava. Há vários detalhes autobiográficos no enredo da novela e no destino de Piótr Popélski, o cego. Korolenko dotou seu herói com aquilo que ele mesmo conhecia e sabia pela própria experiência de vida. Movido por uma atração inata pela luz, o músico cego "recuperou a vista" ao vencer sua concentração egoísta no próprio sofrimento somente quando deixa o conforto e a abastança da casa paterna e começa a peregrinar junto a músicos cegos mendicantes (e novamente vemos a técnica predileta de Korolenko, quando seu herói se vê num mundo totalmente diferente, onde as pessoas, os acontecimentos, as opiniões abrem-se, de repente, a partir de outro ponto de vista).

Ao mergulhar na vida do povo, ao conhecer, com a própria experiência, o mundo da miséria, desgraças e lágrimas, o herói obteve a sensação de plenitude da vida. E somente então o músico cego pôde dar às pessoas as riquezas que acumulara na alma e no coração. E começou a fazer isso não por exigência da razão ou do dever, mas seguindo seu sincero e espontâneo impulso. A felicidade do herói como indivíduo tornou-se possível somente quando, dentro dele, nasceu a capacidade de servir a seu povo com seu talento:

> Maksim abaixou a cabeça e pensou: "Sim, ele recuperou a visão. Em lugar de um sofrimento egoístico, ele sente a vida, sente a felicidade e a desgraça dos outros, e saberá lembrar aos felizes dos infelizes".

Como vemos, o caminho do herói da novela, assim como o caminho do autor, passa pelo conhecimento do povo, pelo mergulho em sua vida porque, segundo a convicção de Korolenko, somente "lembrando aos felizes dos infelizes" é possível dar o verdadeiro sentido à criação.

ELENA VÁSSINA é professora da pós-graduação em Literatura e Cultura Russa da Universidade de São Paulo (USP), formada na Faculdade de Letras da Universidade Estatal de Moscou Lomonóssov (MGU), com mestrado em Literatura Comparada pela Universidade Estatal de Moscou, doutorado em História e Teoria de Arte (1984) e pós-doutorado (1996) em Teoria e Semiótica de Cultura e Literatura pelo Instituto Estatal de Pesquisa da Arte (Rússia). Organizou os livros *Tipologia do Simbolismo nas culturas russa e ocidental* (2005), *Teatro russo: literatura e espetáculo* (2011) e *Os últimos dias* (2011), de Liev Tolstói, de quem também traduziu *O cadáver vivo* (2011).

A coleção ACERVO publica os títulos do catálogo da editora CARAMBAIA em novo formato. Todos os volumes da coleção têm projeto de design assinado pelo estúdio Bloco Gráfico e trazem o mesmo conteúdo da edição anterior, com a qualidade CARAMBAIA: obras literárias que continuarão relevantes por muito tempo, traduzidas diretamente do original e acompanhadas de ensaios assinados por especialistas.

CIP-BRASIL. CATALOGAÇÃO NA PUBLICAÇÃO / SINDICATO NACIONAL DOS EDITORES DE LIVROS, RJ /
K87e / Korolenko, Vladimir, 1853-1921 /
Em má companhia: memórias de infância de um amigo / Vladimir Korolenko; tradução Klara Gourianova; posfácio Elena Vássina. [2. ed.] São Paulo: Carambaia, 2019. 128 pp; 20 cm. [Acervo Carambaia, 7] / Tradução: *V durnom obshchestve* / ISBN 978-85-69002-56-7 /
1. Novela russa. I. Gourianova, Klara.
II. Vássina, Elena. III. Título. IV. Série.
19-56395 / CDD 891.73 /
CDU 82-32(470+571)

Meri Gleice Rodrigues de Souza
Bibliotecária – CRB-7/6439

Primeira edição
© Editora Carambaia, 2016

Esta edição
© Editora Carambaia
Coleção Acervo, 2019

Título original
V durnom obshchestve [1885]

Preparação do texto original
S.L. Korolenko e
N.V. Korolenko-Liakhóvitch

Preparação
Liana Amaral
Raquel Toledo

Revisão
Ricardo Jensen de Oliveira
Tamara Sender
Rhennan Santos

Projeto gráfico
Bloco Gráfico

DIRETOR EDITORIAL Fabiano Curi
EDITORA-CHEFE Graziella Beting
EDITORA Ana Lima Cecilio
EDITORA DE ARTE Laura Lotufo
ASSISTENTE EDITORIAL Kaio Cassio
PRODUTORA GRÁFICA Lilia Góes
GERENTE ADMINISTRATIVA Lilian Périgo
COORDENADORA DE MARKETING E COMERCIAL Renata Minami
COORDENADORA DE COMUNICAÇÃO E IMPRENSA Clara Dias
ASSISTENTE DE LOGÍSTICA Taiz Makihara
AUXILIAR DE EXPEDIÇÃO Nelson Figueiredo

Fontes
Untitled Sans, Serif

Papéis
Pop Set Black 320 g/m²
Munken Print Cream 80 g/m²

Impressão
Ipsis

Editora Carambaia
rua Américo Brasiliense,
1923, cj. 1502
04715-005 São Paulo SP
contato@carambaia.com.br
www.carambaia.com.br

ISBN
978-85-69002-56-7